U0639354

雅颂有风

近体古体诗
三百零五首

林在勇 ◎ 著

华东师范大学出版社
上海

图书在版编目（CIP）数据

雅颂有风：近体古体诗三百零五首/林在勇著.
—上海：华东师范大学出版社，2021
ISBN 978 - 7 - 5760 - 2358 - 9

Ⅰ.①雅… Ⅱ.①林… Ⅲ.①诗集-中国-当代
Ⅳ.①I227

中国版本图书馆 CIP 数据核字（2021）第 275391 号

雅颂有风
近体古体诗三百零五首

著　　者　　林在勇
责任编辑　　曾　睿
责任校对　　时东明
装帧设计　　人马艺术设计·储平

出版发行　华东师范大学出版社
社　　址　上海市中山北路 3663 号　邮编 200062
网　　址　www. ecnupress. com. cn
客服电话　021 - 62865537
网　　店　http://hdsdcbs. tmall. com

印　刷　者　上海中华商务联合印刷有限公司
开　　本　700×1000　16 开
印　　张　16
字　　数　100 千字
版　　次　2022 年 1 月第一版
印　　次　2022 年 1 月第一次
书　　号　ISBN 978 - 7 - 5760 - 2358 - 9
定　　价　78.00 元

出 版 人　王　焰

如发现本版图书有印订质量问题
请寄回本社客服中心调换或电话 021 - 62865537 联系

目 次

林在勇《雅颂有风》诗集序

《剑桥中国文学史》研究唐诗，研究李白、杜甫、王维、白居易等人，首先研究这些诗人读过什么书，有什么样的知识结构，由此出发，考察他们的诗歌。

林在勇先生初中开始就濡染在人文学术丰厚的华东师大丽娃河畔，学习工作经历从中文到哲学到历史到国际汉学。他先在华东师范大学中文系读本科，再到哲学系攻读硕士，又到历史系攻读博士。他年轻时代沉潜经史子集，论著发表涉及文艺理论、文化人类学、语言文字学、中国哲学、古代经济学史、音乐戏剧等诸多领域。可谓出入儒、佛、道，学贯文、史、哲。徐中玉、钱谷融、冯契、王家范等前辈先生，应该都正好给予了他最好的求学经历和精神引领。

他 1965 年 9 月生人，那十年从他的少年碾过。在改革开放的春风里，他听到的，看到的，学到的，以及他的颖悟、他当干部的经历，都和他精细的诗律一样，超过了许多年长于他的人。在上海，乃至全国律诗界，很少有像他这样学习经历和知识结构的诗人，也很少有像他这样的诗。

简而言之，约有数端：

一曰体式丰富。

集中四言、五言、六言、七言，应有尽有；有五绝、五律、古绝、古律、七绝、七律、排律、歌行体，有谐趣，还有多种不同的藏头诗，可谓众体皆备，凌云健笔，意态纵横。得四言之简洁，五古之从容，排律之整饬，歌行之雄奇，五律之开合，七绝之精致，七律之跌宕。直写胸臆，或俗或雅，皆涉笔成趣。

二曰捷悟，才高思敏。

林在勇天赋异禀，天生是一个诗人。但他对诗歌语言的敏感和高度的驾驭能力，却得益于刘勰《文心雕龙》说的"积学以储宝，酌理以富才，研阅以穷照，驯致以绎辞"。这使他能在繁忙的公务间隙，在碎片化的时间里写出那么格律严整而韵味深长的诗。他的诗歌，具有很大的爆发力和创造力。他从远古的、原始的、原创的力量出发，用《诗经》的四言体，以重章叠字的形式，用典雅洗练的语言，自由奔放地写"2003上海社科年会首届青年学者论坛暨学术沙龙序"、"拟泰戈尔假如我今生无缘遇到你"这些内容，让你惊叹不已。譬如《贺〈音乐周报〉创刊四十周年》："载述载评，诸美斯汇。七日见兮，京华纸贵。四十岁矣，路标经纬。不惑云何，德音之谓。"

这辑诗，我以为都很精彩，很少有人写得出。

"古诗十九首"，原来是汉代的"古诗"，被南梁朝的昭明太子萧统从中辑录十九首编入《文选》，从此成了带书名号的《古诗十九首》。但林在勇这里的"古诗十九首"，只是借其名而写"自以色列驱车往埃及"、"北欧四国行"、"巴陵往赤壁"、"崂山海边"，内容与《古诗十九首》的游子思妇、离愁别绪，以及长路漫漫的伤感、抑郁等古老的诗歌美学大相径庭。倒是像晚清黄遵宪那些用五古写的《登巴黎铁塔》、《伦敦大雾行》、《逐客篇》、《今别离》，写当时出现的轮船、火车、电报、照相和东西两半球昼夜相反，把传统的离别之情放在新事物中展开，不重复古人，拒绝假古董，而是写出新意境和新况味。集中很多诗，都"声、光、化、电"，别开生面，令人耳目一新，体现了真实的生活场景和鲜活的情感体验。

三日行万里路。

行万里路，栉风沐雨，枕流漱石，陶冶情操，是不可或缺的诗人之路。天地之间，万物之奇，可以娱心，可以写意；可以使人忧，使人悲；万里路尽入诗囊。集中除"修齐随录十八首"、"载道入韵十首"、"读书成诵十首"、"听音观剧八首"、"拜白依杜八首"、"学维尊轼八首"与读书有关；其"西行风讴十首"、"江南两浙十七首"、"闽山台海八首"、"岭表留吟八首"、"川渝偶成七首"、"滇黔游踪十首"、"南海潮音六首"、"关外放声八首"，均长城内外，大江南北，五湖四海。如"莺歌海盐场鱼肆"、"游内蒙九原秦直道遗址"、"庚子夏日库车往喀什"、"域外漫笔"等，每有所作，登山则情满于山，观海则意溢于海。横溢的机趣，是他足迹的日记。

四日宋型诗风。

集中四言、五古汉魏诗，戛戛独造；而近体五、七言律绝，近而视之，迫而察之，则倾向于"宋型诗歌美学"，以理趣见长，议论为诗，如七绝《偶感》："中年役物每劳形，登了前山又不平。吃去八分真气力，值回一点好心情。"五绝《笑己》："老来如少年，快活入痴颠。天纵皆听我，我行都与天。"有宋人杨万里的风味，也近于禅诗。合观《雅颂有风》，其诗有工语，有率语，有庄语，有雅语，有谐语。以其捷悟，才高思敏故也。

严羽《沧浪诗话·诗辩》曰："夫诗有别材，非关书也；诗有别趣，非关理也。然非多读书、多穷理，则不能极其至。""别材"、"别趣"、"读书"、"穷理"，永远是学诗者努力的方向。但行政工作毕竟占时间，影响写作，这种情况，诗人自己也认识到，这就是其《陪王师散步归有感》"一行作吏诗心废，抱憾多年箧未开"吧！

《雅颂有风》，集名来自《诗经》，昭示集中的诗，继承了《诗经》"风""雅""颂"的传统。三百零五首，也是个传统。《诗经》三百零五首，已成永恒的经典；明代流传"熟读唐诗三百首，不会作诗也会吟"；清代乾隆年间无锡人蘅塘退士孙洙编《唐诗三百首》，被吉尼斯纪录收录为"中国流传最广的诗歌选集"。《雅颂有风》选诗三百零五首，或当有此志乎？

曹　旭

（上海市文史研究馆馆员

文史馆诗词研究社社长）

2021 年 10 月 23 日

有唐率性宋机趣
能得古风做真人
《雅颂有风——近体古体诗三百零五首》读后

    林在勇先生是我二十年前研究生导师，他即将付梓的这部诗集按主题、诗歌形式与写作地点等不同分为三十一个目次。仔细翻读诗稿，感如璎珞缤纷，皆是珠玉，既有豪放、婉约、田园等风格，又有沉郁高古的怀旧凭吊，既有天机又有理趣，既有旷达情怀，又志深而笔长，师古不泥古，诗风多样、内容广阔、气格自高，一股博大恢弘、深远豪迈而又清新雅正的气息扑面而来。

    三百零五首诗中，有些我是初次见到，有些则是在林老师创作之时便已读过的。比如"薄暮忍饥行谷川，侗楼击鼓似当年。榕江莫把夜郎笑，先学瓦盆烹小鲜"。（《七绝·登侗寨鼓楼晚以瓦盆煮鱼充饥》）这是 2004 年的暑假期间，林老师带着我们到云贵一带社会实践，在贵州榕江县城边一个路边店摊即兴口占的，其时我们围坐在一起，店家用一个脸盆一样的炊具给我们煮鱼吃，我们以竹筷敲盆作歌。

在贵州崎岖的山路上，每当林老师有新作，都会通过手机发给他的研究生"首秀"。我看了之后每次都照例回复"写得真好"、"厉害"等，林老师心里明镜一般，有时莞尔一笑简短写下"马屁"俩字回给我。这样的情形多了，委实觉得自己拍导师马屁的水平实在不高，很没有文化水准，亟待进步，便也像模像样地学着导师作诗，当林老师再有诗发来的时候，我也能胡诌几句，和上一首两首，当然自己当时对于格律和用韵都是不会的。

多年之后，当我看到作家莫言先生用左手写就送给林老师的一幅字："转瞬已过三十年，当时心情已黯然。萝卜透明成虚幻，高粱火红别样看。在勇兄教正莫言左书"。这最后的"看"让我情不自禁地想起导师在贵州、广西交界的都柳江边即兴出口而成的一首七言绝句："轻车夏日走黔南，好雨期然出岫峦。都柳江来三百里，青山邀我两相看。"（《七绝·黔游口占示从行诸生》），当时都柳江畔雨后美丽若画，身边是群山连绵起伏如屏、河流曲折蜿蜒似缎，仰头是白云蓝天。林老师口占这首七绝时，便告诉我这最后的"看"字要读阴平声，"看"、"峦"同属十四寒韵部，"南"属十三覃是首句可借韵。

古代诗论评价诗歌的标准有很多，作为其中最重要的一个，"味"与文艺第一次产生联系是在《论语》里："子在齐闻《韶》，三月不知肉味，曰：'不图为乐之至于斯也。'"其后，西晋陆机的《文赋》首次以"味"论诗文："或清虚以婉约，每除烦而去滥，阙大羹之遗味，同朱弦之清氾。"钟嵘创立的"滋味"说进一步认为，"五言居文词之要，是众作之有滋味者也，故云会于流俗。岂不以指事造形，穷情写物，最为详切耶？"尽管林老师的诗看上去是兴之所至，信手拈来，但其实大都有言外之意、弦外之音、象外之象，充满了"滋味"，举隅如下。

"藤花浓处还依地，紫气盈时自透墙。又是一年春过半，半存旧梦半新光。"（《七绝·无架紫藤》）前两句先是简单勾勒出的无架紫藤素描，这对于任何人来说都是似曾相见的熟悉景物，有感同身受的亲切。结句则自然升华，既是生命的感悟，又有人生普遍经验总结的启迪，借紫藤花写出了"半存旧梦半新光"的"无穷之味"。"垂柳亲鱼听一跃，欢虫噪月到三更。蟾蜍不怯呻吟短，敢向蛙喧吼几声。"（《七绝·宿西溪》）通过捕捉柳、鱼、虫、月、蟾蜍和蛙的生动形象，以"亲"、"噪"、"怯"、"吼"等动词赋予人的行为和情感，构成一幅动静相宜、清新鲜丽的山居山水诗画面，流淌着优美的生活"趣味"，沁人心脾。

诗贵含蓄，早在先秦时期庄子就提出"语之所贵者，意也。意之所随者，不可以言传也"。（《天道》）姜夔在其《白石道人诗说》中说，东坡认为"言有尽而意无穷者，天下之至言者"。这样的中国诗歌传统审美品格在林老师诗歌中也有翻新出奇。七言绝句《夕佳山》："翠绿苍青一望收，原无纷杂上心头。与山分享春颜色，不染红黄不向秋。"即景生情，情景交融，让人仿佛看见作者在春日登上山顶，脱口而出，不假粉饰。结句"不染红黄不向秋"是诗眼，告诉读者生机盎然的春天最有意思，毋需患得患失，只管耕耘和奉献，不问收获。或许还有内心青春，不染红尘与黄白之寓。整首诗四句浑然一体，出精深于平易，得神韵而温婉，充满了"味外之味"，需要读者细细地品。"老树立青丘，苍风出逸虬。孤枯犹骨挺，抖落一身秋。"（《五绝·青林有老木》）短短二十个字"以物观物"，只简单勾勒出立在青丘之上的孤枯老树，却有咀嚼不尽的韵味。读者看到诗人描写的是秋天苍风下的老木，但又被诗人所塑造出的氛围所笼罩，有着极其丰富的内涵，或许在读诗的那一刻我们已化身为老树，若有若无、似虚似实，"不知何者为我，何者为物"，留下无穷的艺术想象和意境，充盈着"味外之味，象外之象，景外之景"的灵气与生气。七言绝句《闲居寄答》："常思知我者，但恨识君迟。孑立无长足，嘤鸣有短诗。"引用《诗经》中的"嘤其鸣矣，求其友声"，表达珍惜志同道合的朋友之情，同样含蓄隽永，"余味"无穷。

五古《观海百千里》首句从"观海百千里，经年亿万祀"写景叙事发端，用"微之砾变沙"、"巨者恒如是"相对比，让人在画面的切换中感受到天地辽阔、万物渺小，以"云色有时同，水天难彼此"、"月升日落间，随逐相终始"等事物现象来举例说明，又以"又送粒珍来，偶欢踏浪子。忽而潮歇还，携卷归涯氿"等描述偶然之来与终竟之去，自然地转入抒情，结句"宇宙一如常，人生有以似"则是话锋一转禅机尽现，表明尽管相对于永恒的宇宙和时间，人生是短暂的，而在某一个欢欣的刹那也可以是永恒的。整首诗语言朴素自然，没有着意雕琢，天然浑成，初读之下，感觉类于"人生得意须尽欢"、"荡涤放情志"等诗歌主题，但其实又不一样，因为不落人生本悲、人生苦短的窠臼，而是从人生之乐出发，体现的是人生本乐和积极进取的人生体验，外物观照与内心体验相结合，既写出人生判断和辨识的思索"理味"，又暗合随缘任运、恬然自适的"禅味"。其他诸如："出水若浮萍，荷新寄浪生。护花还掩面，叶阔顺风倾。粉瓣分分落，金莲个个擎。孤高莲结子，下有老身横。"（《五律·荷塘静观》）；"蘸云浓淡一时急，着墨浅深何处惊。人在阴阳天下过，不随晴雨换心情。"（《七绝·海口晴乍雨》）；等等，都富有人生哲理"味"。

优秀古典文学中的名篇之所以脍炙人口，千年不衰，就是因为它们的创作源泉在生活。在林老师的这本诗集里，无论是古体诗，还是近体诗，也都同样源于生活，而又高于生活，厚积而薄发，水到而渠成，状物抒怀、寄情言志，既让人感受到浓浓的生活气息，又领悟人生真谛。四言诗有高古之味，苍朴雄健，篇章浑融，如"谓尔心焦，何灼鬐叶。蝉虫无知，声犹妥帖。"（《夏末梧桐》）本色鲜明而又时鲜活泼，恰似与人面谈一般，与袁枚在《随园诗话》中提出的"味欲其鲜，趣欲其真，然后可与论诗"遥相印证。再如开篇即可读到的《行当行矣》："不党不比，不忮不求"、"不善不为，不远不谋"是自然而成的警句，质而实绮……那些诗中的四季轮回、山水湖泊、草绿鸟鸣、塞外边陲、人情世情，都各自有"味"；怀古思远、抒情状物、登高凭吊，乃至酬酢应对，均显示了林老师的诗人情怀与高洁志趣，甚至是鸡猪狗羊、蟋蟀、小龙虾、肉串、饺子等世间俗物下况都能在他的诗里焕出风雅的"味"。

"诗莫先乎情"，林老师关心国家民族，把对祖国的挚爱、对人生的热诚、对现实的关注交汇在一起，诗中有江山，也有人民；有旧友，也有新朋；有伟人，有将军，也有普通战士，更有野老、妇人、渔夫、行人、小儿童等大量的"群体"意象；有"七十年来新故事，仰天再笑宝刀横"的壮怀激烈，有"天下化成今共享，从来溯往一中华"的自信，有"大同新世界，须树汉家旗"对祖国强盛的自豪，有"今当惜福平常日，几代牺牲血换来"对革命先烈的深切怀念，有"千里驱车看不足，一山还送一山来"对祖国山河的热爱……

"诗者，天地之心。"但天地本无心，故宋代大儒张载说"为天地立心"，以人心为天地之心，民胞物与，心心相印，天人合一。悠悠天地间，鸟兽草木、白云苍狗、沧海桑田、万物生长，只有这些真景与真情交融一体涌入人的心灵，才能发言为诗。以此来观，林老师这本诗集，体现的不仅仅是有味，更有深刻的思想意义，是对宇宙人生的深情体验与生命悲欢的深刻把握，是一往情深的真实。"真者，精诚之至也，不精不诚，不能动人"，王国维先生认为，"能写真景物、真感情者，谓之有境界，否则谓之无境界。"只有"真"才能称为有境界。生命的本真，生活的真谛，中国传统文人普遍具有的情与志和家国情怀，关注国家和人民命运以天下为己任的社会责任感都深深融入在了林老师的诗中。诗为真诗，人为真人。

林老师学贯文史哲，读他的诗常让我想起求学时的情景，他给我们讲课时古今中外纵横捭阖，课外给学生开的书目也很"杂"很"广"，同学们获益良多。于我个人而言，在捣鼓枯燥的科研论文的同时学会做诗，是跟着林老师做学问收获的随赠大礼包。这可能是题外话，但却不能不提，因为在快节奏的当代生活中，诗歌已然成为奢侈品，是林老师引导我进入诗歌的大门，得以受到诗的眷顾与熏陶，让人生有诗有梦有远方。我曾经在毕业十二年后的教师节，写过一首小诗感念师恩，今附于后作为这篇文章收尾，同时记录师生情分：

星霜一纪那堪留，难比恩慈岁月稠。
犹记微言传大义，始知风雅效轲丘。

学生　董国文
2021 年 10 月 23 日

四 言 八 首

四言诗·行当行矣

行当行矣，天地悠悠。
不知不愠，不怨不尤。

方之圆之，山刚水柔。
不党不比，不忮不求。

见所见兮，宇宙吾俦。
不善不为，不远不谋。

乐其乐乎，优哉且游。
不流不住，不死不休。

四言诗·欲与君约

欲与君约，何处天涯。
或待秋深，山树色佳。
初寒尚暖，与卿往偕。
或行或坐，有亭有阶。

泠泉幽幽，晚花多丽。
时听微虫，翠摇荫蔽。
念想融融，思所相契。
忘却天光，唯有此际。

四言诗·贺《音乐周报》创刊四十周年

载述载评，诸美斯汇。
七日见兮，京华纸贵。
四十岁矣，路标经纬。
不惑云何，德音之谓。

四言诗·夏末梧桐

夏末梧桐，见青见黄。
身冠峨挺，笼盖炎凉。

谓尔心焦，何灼鬈叶。
蝉虫无知，声犹妥帖。

斑驳皮下，气血升降。
低者通根，亢者孤上。

荣枯唯命，枝分阴阳。
春秋流运，时来栖凰。

四言诗·拟诗经颂东方红

震位彤兮，羲和御臻。
幸此赤县，以降圣人。
所擘画兮，惠我蒸民。
其曜其恒，仰若极宸。

四言诗·2003上海社科年会首届青年学者论坛暨学术沙龙序

江山毓秀，胜迹千秋。

斯文郁郁，争鸣姬周。

纷出百家，灿若星汉。

唐雍宋穆，文明条贯。

知来鉴往，其大乃容。

乾德六变，与时化从。

今我赤县，国运何昌。

敦文睦教，宜其兴邦。

生斯长斯，担当有肩。

弘德立基，绍述承先。

沪渎淞滨，江南首善。

人杰地灵，海纳川赞。

国际都会，工商中心。

人文渊薮，再造于今。

发扬学术，深耕广植。

会逢其时，吾侪其职。

癸未仲冬，来复一阳。

海上后学，嘉会共襄。

济济多士，揖让升坛。

春申江花，其青胜蓝。

文史哲社，政经法商。

切磋磨琢，古道重光。

东风西云，际会一镂。

更兼新论，多所创获。

临别执手，倡议成篇。

兰亭雅集，期以来年。

日学月讲，爰设沙龙。

同进于道，联谊是宗。

科教兴国，宏旨遵式。

人才方略，亦为共识。

建我高地，视野斯盈；

建我平台，交流兹生。

益者三友，直谅多闻。

砥砺学问，弗党能群。

和而不同，循章遵则。

天下公器，恪守惟德。

新风海派，引领潮流。

辐射影响，誉播九畴。

呦呦鸣鹿，声谱华章。

望吾同道，矢志是彰。

四言诗·拟泰戈尔假如我今生无缘遇到你

设若今生，不曾相偶。
无缘遇君，忧何其纠。
念念思之，我为谁某。
醒时梦中，悲心何久。

设若今生，不曾相守。
坐于市上，日获盈手。
纵有金玉，如无所有。
醒时梦中，茫然衰朽。

设若今生，不曾相有。
行于道上，息卧尘垢。
长路漫漫，忘其前后。
醒时梦中，愁来不走。

设若今生，不曾相友。
华堂新妆，笙歌脂酒。
设若未逢，君无相就。
醒时梦中，伤之不寿。

附：泰戈尔《假如我今生无缘遇到你》

假如我今生无缘遇到你，
就让我永远感到恨不相逢——
让我念念不忘，
让我在醒时或梦中都怀带着这悲哀的苦痛。

当我的日子在世界的闹市中度过，
我的双手捧着每日的赢利的时候，
让我永远觉得我是一无所获——
让我念念不忘，
让我在醒时或梦中都怀带着这悲哀的苦痛。

当我坐在路边，疲乏喘息，
当我在尘土中铺设卧具，
让我永远记着前面还有悠悠的长路——
让我念念不忘，
让我在醒时或梦中都怀带着这悲哀的苦痛。

当我的屋子装饰好了，

箫笛吹起、欢笑声喧的时候，

让我永远觉得我还没有请你光临——

让我念念不忘，

让我在醒时或梦中都怀带着这悲哀的苦痛。

（冰心译）

四言诗·密云成雨

密云成雨，点滴先至。
入草入木，入我怀置。
有风先之，有雨之事。
点滴委地，侵将散肆。

有雨方塘，千百点矣。
跳跃相激，此兴彼起。
不入我怀，心照之矣。
或墨或白，与水消弭。

垂柳方塘，初霁方晴。
偶有滴露，且观且行。
浮游动静，青青之萍。
蜉蝣一生，刻漏一更。

蜉蝣一夕，安知趁早。
何长何短，不如死了。
滴水雨露，分合无定。
饶是多情，偏为薄幸。

古诗十九首

五古·毛诗

我爱大英雄，天生毛泽东。
人间难再二，器局入诗中。
总有人民旨，死生当面逢。
民胞物我与，情切乃词工。
古有帝王体，虚夸妄诞空。
又多浅学者，牙慧对冬烘。
今更少佳作，肺肝大不同。
诗余天地气，不是诩雕虫。
自外于家国，拘拘一己崇。
欲明诗与事，但揭人之衷。
诗道如何了，聊吟一古风。

五古·五月过江来

五月过江来，江南佳气色。

浓雨淡烟生，金光出云侧。

钿螺几处山，白鹭飞泽国。

曲水隔前村，乡愁须到得。

偶然听鱼跃，唯见小涟漪。

谛听万古寂，独步草离离。

应有龙在田，无谓人攘熙。

热风拂水去，溯洄梦谁伊。

五古·自以色列驱车往埃及

摩西出埃及，西奈我反行。

火焰山不毛，尘壤蚀刀兵。

相杀无终了，乱史悯其氓。

神话忘所谕，颠簸处处坑。

夕阳来赤壁，茫沙扑面迎。

千年一撮地，人类盍聪明。

五古·北欧四国行

北欧四国行，入眼皆天赐。

海青流红云，乱鸥呼浪至。

岛岸曲折连，旖旎风光恣。

爽朗无纤尘，还如柔弱似。

膏腴闲置多，苍原阔千里。

冰清玉水旁，花树生托寄。

微寒若琼宫，恰有神仙意。

人间知留白，到此谁言利。

五古·巴陵往赤壁

巴陵有云溪，长江经此过。

蜿蜒越岭来，浩荡惊天破。

一曲大矶头，江水日夜流。

流水自无意，浪花偶翻愁。

不知东海程，百里下赤壁。

我行到赤壁，日午声寂寂。

何如夜中喧，连樯云火怒。

何如月下听，苏子前后赋。

吾来非其时，其时何所思。

唯有摩崖字，任潮上下之。

五古 · 青山见乱冢

青山见乱冢，山行多惊悚。
人食五谷者，终将归丘垄。
盘古及于今，生民何亿万。
生时各攘熙，不为世人劝。
必朽皮囊腐，常来污我土。
青黄亿万年，君子江山主。

五古 · 新疆巴楚半时辰气象实录

远山阴预警，风向沙丘逞。
大漠黑云低，霎时尘暴猛。
雨来倾玉珠，对面无光影。
珠玉化冰雹，车前积雪景。
斜阳乍晃明，云破雨犹并。
回首见虹霓，半轮七彩绠。
草青红海天，倒映寒水崤。
本帅来巡边，恁些大动静。
时辰片刻间，大好河山整。

五古·喀什汉定远侯班超盘橐城故址

盘橐城遗址，我到默无声。

倾圮土为坡，遥想故垒营。

焦阳当空烈，昔日是何情。

寂热耐饥渴，忽然嘶马惊。

箭如乌云至，堞楼撞刀兵。

天地犹静止，一处往来争。

一隅关天下，将军托死生。

三十六国乱，谁能渐次平。

东望长安阙，不负万里征。

我拜班定远，剑笔两相鸣。

五古·崂山海边

波柔绿玉摇，近岸潮澎湃。
潮来浪扑礁，潮回沙不坏。
推波还助澜，欢鸥飘忽快。
平流一带烟，来结青云寨。

望眼限天低，远岱接长堤。
更有连天水，安然与天齐。
巉岩临水岸，葱郁掩天梯。
太虚宫更上，下有崂山溪。

万古风色在，千秋与万载。
山海耐相看，长叹立如待。
待我为其歌，一赋真主宰。
珍惜崂山泉，白湍捐入海。

五古·观海百千里

观海百千里，经年亿万祀。

微之砾变沙，巨者恒如是。

云色有时同，水天难彼此。

月升日落间，随逐相终始。

淼淼玉浮柔，阔深能所止。

滔滔喋不休，浅岸兴滩涘。

又送粒珍来，偶欢踏浪子。

忽而潮歇还，携卷归涯汜。

宇宙一如常，人生有以似。

五古·湄潭茶山

伊人水之湄，湄潭深千尺。

如闻踏歌声，比兴因以藉。

阵雨洗新茶，队烟驾青垄。

高人昔曾来，遗之龙井种。

回甘清清水，知味默默山。

山水时常改，动心一瞬间。

野老今多福，岁岁二三收。

自成涤烦子，分欢不夜侯。

五古·星辰万千数

星辰万千数，分野一念中。

兴观多草木，此心往来风。

吾未成诵前，宇宙自成句。

天行何言哉，我思与之遇。

西哲柏拉图，名物两桌子。

先验于其理，刳木显为此。

比方或不伦，唯理我执同。

我外亦无他，鸿冥亦无穷。

星辰万千数，个个皆文字。

天文一仰观，刹那托吾志。

五古·山居诵

林公好野居，云欲山林入。
至则远尘嚣，已而忧孑立。
可笑公好之，何如叶公急。
枝老落响惊，夜暗寻灯熠。
山气侵领腰，频将深呼吸。
秋深虫寒吟，人老奈拾级。
幸有星月随，相伴舒郁悒。
须行步百千，才与凉风习。

五古·赞苏州河治理

苏州河水黑，臭浊儿时忆。
辣眼不能经，匆匆屏鼻息。
今吾说旧年，漫步清江侧。
九曲吴淞江，令名应复得。
鸥鸟共鱼喧，花开如感德。
姓名市长谁，卅载知其职。

五古 · 儋州海花岛

蕉叶何青青，薰风扑簌和。
鸥鸿举远溟，辨认音声挫。
太息动潮来，沙年流水过。
一自东坡耘，海外天荒破。
儋耳故城存，微残寻几个。
奔腾阔气生，前浪沫余唾。
海花今乃发，飞岛谁兴作。
人在有无中，与神相切磋。

五古·凤凰在湘西

凤凰在湘西，行行复止止。
沱江水新涨，古城皆故史。
边城几重山，死生书一纸。
不读沈从文，谁为能到此。

湘女自多情，诗人情自洽。
六月六跳鼓，敲心近乡怯。
何以解乡愁，红汤血糯鸭。
独对许愿亭，银杯清酒呷。

虹桥风雨廊，倚望远翠微。
老街趋南北，北门曰璧辉。
或到回龙阁，卿可缓缓归。
临波吊脚楼，应有燕燕飞。

五古·汝南旧机场飙车

嵖岈山中回，驱车汝南开。

野旷无草树，航标喜疑猜。

应为旧机场，貌似方撤裁。

跑道尽头望，长逾五里哉。

大儿御风手，善驾恨驽骀。

速限虽至极，加油脚不抬。

口鼻学轰鸣，呜呜又唉唉。

颠簸摇山近，一晃过塔台。

雀鸟四散避，呼啸扬尘埃。

老父惊副座，直欲飞起来。

五古·代中妇怨

似昨为新娘，今忽中年过。

长女年十余，学堂多功课。

幼儿常忘龄，烦扰添一个。

晏睡起迟迟，不教父之惰。

百催方入座，摊书呼饥饿。

阿母来厨下，先独吃烟尘。

日日束围裙，新妇何曾新。

婚姻自做主，何处说苦辛。

其他弗晓得，但知出我身。

镜里谁忍看，生娃不如人。

古风·代妒妇辞

　　为人气不平，好女污名妒。
　　薄情司马懿，无端少艾慕。
　　我亦用其言，尚难息余怒。
　　老物不足惜，佳儿可怜顾。

　　痴呆刘皇叔，手足重旧衣。
　　无衣裸奔欤？徒增世讪讥。
　　妻子血亲浓，兄弟多是非。
　　浪游皆虚掷，至老何所归。

　　最恨唐太宗，欺人以呷醋。
　　姊何惧毒鸩，饮之一死赴。
　　彼女不共天，不是不大度。
　　岂为独专宠，怕被妖精误。

排　律　八　首

五言排律·唐伯虎三笑缘

江左多才子，桃庵这个颠。

羡何车马贵，欢似酒花仙。

春意皆由我，秋香却动天。

寻诗风里醉，画影笔中眠。

一笑倾三世，三生具一篇。

应知须莞尔，唯忆是嫣然。

流盼专情后，回眸续梦先。

思人人最苦，苦不到伊前。

五言排律·莺歌海盐场鱼肆六韵

行来都是客，具眼看红尘。

涯角莺歌海，伞罗渔肆津。

天南光且热，日午影非真。

回浪侵辕驾，喘牛淹脊身。

纱遮牵网女，汗滴晒盐人。

但隔一山左，沙滩遍浴巾。

五言排律·游内蒙九原秦直道遗址

同轨古原上，秦车草莽开。
秋风如筚篥，阔野尽蒿莱。
但慕初皇伟，唯听宿鸟哀。
远山随日隐，暮霭顶头来。
万里帷筹至，三军捷报回。
关中规有统，塞外矩能推。
我谒贪多步，神游辨小堆。
螽斯迎跃舞，世世颂崔嵬。

五言排律·访从化广裕祠

岭南多古聚，从化最深藏。

广裕仁祠里，太平名镇冈。

舟车寻胜地，鞠躬拜贤乡。

景况觑虽异，诗人咏益庄。

更楼环败砦，曲巷隐空房。

木朽材堪用，垣残石敢当。

幽窗唯足响，涸洳只苔黄。

曩昔归沦落，于今忆盛昌。

奇虫疑草院，老魅怕蛛梁。

蝶怅徒何舞，花怜兀自忙。

马头墙歇影，凤尾竹贪阳。

犹豫东西向，逡巡左右方。

趋街门鼓侧，移步井栏傍。

偶睹春联雅，原知吉厝祥。

村规题漫漶，塾匾字微茫。

体道循根本，观风慕汉唐。

雕能惊巧匠，绘可辨番商。

颇似上河卷，稍殊北宋樯。

厅前牲血净，龛下烛灯煌。

祖考分昭穆，苗孙荐醴香。

一年冬夏至，四祭两三尝。

旧俗云将替，初心或不亡。

忽然迎照壁，赫尔见华堂。

栋宇称宏构，汗青流远芳。

引刀文相烈，蹈海陆公慷。

痛史铭双杰，诚衷感九苍。

崖山吾亦吊，殉国我尤伤。

非到死生节，谁明义利防。

精神持欲久，志气养应常。

游历如书读，无涯有主张。

七言排律·镇远古城

许吾游遍百千山，相遇犹夸绝色颜。

灯火岚霞来月下，曦暾桥岸入云湾。

青龙洞构岩崖上，夫子祠居释老间。

三教能融多福报，一城虽局不蜗跧。

湘黔襟带同亲水，苗越通联镇远关。

汉使筹边经此过，良知证道藉由还。

街衢仕女皆成景，舟肆旗幡似列班。

今作舞阳河畔客，风歌羡煞五溪蛮。

七言排律·入山寻禅寺

云烟或有真滋味，遥上青阶辨冷温。

水落流英流水迹，山行倚杖倚山门。

颇思唱数投机偈，堪笑携诗覆酒罇。

闲事忙人皆必去，微吟老喘半应存。

林岩几处风兼月，花鸟一时晨共昏。

入眼穿肠无不过，还将心腹自家扪。

七言排律·庚子夏日库车往喀什

驱车何处是穷涯？瑶母曾迎周穆骅。
浩渺铺陈黄海渡，绵延点串绿洲葩。
玉昆南麓丝连道，葱岭东园桑与麻。
疏勒河边边客驿，龟兹城好好人家。
远闻豪杰欲牵马，早有英雄识种瓜。
都护西悬铭赤石，循流上泽润金沙。
宣仁汉使万民伞，说法唐僧百衲袈。
正统学儒遗简帛，殊方传教竞哦嗟。
筌篌旧谱和声久，燧燧残封夕照斜。
内附昌明思益切，胡腾活泼意无邪。
莫非故土岂非也？所谓新疆之谓耶？
考古留痕千纪祝，预言利国五星夸。
日乌规矩邻娥兔，羲尾交缠祖女娲。
本固原生分蘗树，弗须再见隔层纱。
同为融血通神骨，各表争奇斗艳花。
接亚联欧谁可匹，追终善始复能加。
微行每到多观感，盛世将临遍迩遐。
天下化成今共享，从来溯往一中华。

七言排律·徐将军赠阅鲁迅名言十句感作

鲁迅遗言苦口良，　谁知字字大文章。

多闲饮者饮嫌少，　久劳天才天欲长。

独往孤来为猛兽，　成群结队是绵羊。

瑕疵战士犹瑜玉，　完美苍蝇类屎蜣。

世上通行培教术，　凡间机器适存方。

疑思博问须应得，　断语难能又白忙。

向昔尊焉争复古，　如今阔了嚷循常。

瞭观入里各相匿，　解剖无情己所藏。

安稳之图听外主，　自由以获舍身康。

最高轻蔑归沉默，　至爱温柔作慨慷。

倘后不逢明炬火，　公真唯一照幽光。

/

注：

鲁迅名言十句：

1. 哪里有天才，我是把别人喝咖啡的工夫都用在了工作上了。

2. 猛兽总是独行，牛羊才成群结队。

3. 有缺点的战士终竟是战士，完美的苍蝇也终竟不过是苍蝇。

4. 现在所谓的教育，世界上无论哪一国，其实不过是制造许多适应环境的机器的方法罢了。

5. 怀疑并不是缺点。总是疑，而并不下断语，这才是缺点。

6. 曾经阔气的要复古，正在阔气的要保持现状，未曾阔气的要革新。

7. 我的确时时解剖别人，然而更多的是无情面地解剖我自己。

8. 贪安稳就没有自由，要自由就要历些危险。只有这两条路。

9. 惟沉默是最高的轻蔑。

10. 此后如竟没有炬火：我便是唯一的光。

歌 行 七 首

歌行体·玉佛寺中秋歌

海上风来普陀云，苏河江曲吉祥城。
玉佛台上中秋月，同照三千世界明。

皎然洁然安之素，不为人改不为恒。
如美人兮喻其德，乐利有情面如冰。

无所偏私周海宇，何曾独烛一隅温。
此中真谛须认得，大化自然皆法门。

且洗我心心相印，古贤印过又到今。
圆缺有时莫自扰，仰天俯地观妙音。

注：
为上海玉佛寺觉醒方丈中秋慈善音乐会作歌一首入曲。

歌行体·帕米尔行

己亥冬至，李岗等六画家《寻找永远的古兰丹姆：帕米尔高原采风画展》北京开幕纪盛。

京华冬至日，来复生一阳。
高义逢嘉会，好音绕画梁。
今日五夫子，靳宋与三张。
擅场大师李，丹青写南疆。

帕米尔，不周山，赖此倚天覆人寰。
昆仑西极无限意，尽在诸君尺幅间。
置身云天际，七彩演阴晴。
何年葱岭雪，来我素心清。
高原亦崎岖，丘壑自不平。
方外岂化外，匹马闻孤鸣。

且梦将溯三千岁，天女瑶台穆王跬。

名此古兰丹，世世君子昵。

描摩冰雪肌，非是法家笔。

识得冰精玉骨魂，真幻虚实诚一律。

西天旋诸子，各各获真经。

吾谓可道者，有神出其形。

歌行体·天涯谪客吟

海外思谪客，客如逝水数飘英。

落花浮沉随流水，流水流去亡所争。

天涯云云何处是，行行一程复一程。

此行闻到天尽处，海角风涛犹未平。

天何有尽处，人之自处难为情。

地不为人尽，唯向东南不满倾。

面前身后皆风穴，蕉叶狂摇若浪惊。

满耳呼啸相激鸣，天地寂然若无声。

挥汗才觉冷，烈日无所明。

捻沙思一死，渺渺忘此生。

诗语他乡作吾乡，空留东坡放达名。

欲归归无计，归处亦伶丁。

吟罢愈茫茫，大化露狰狞。

歌行体·出关梦雪歌

云低处，风袭人，幽燕看雪雪无垠。

渐沉暮色昏四野，白昼不辨幻与真。

噫吁嚱，如梦矣！

我梦共工争为帝，天倾西北暗无际。

日不到兮成幽冥，唯有一物口衔星。

天下之北尾羽山，神之子兮生其间。

长千里兮人面而蛇身，不食不寝而有神。

忽闻天命召之起，蜿蜒常在天门底。

目为开阖视与瞑，左为昏兮右为醒。

吁为夏，吹为冬，

一呼一息景与从，或为日耀之君兮曰烛龙。

神子翩翩作龙舞，见首见尾云吞吐。

已而化作少年来，欲我作歌为之谱。

噫吁嚱！

斯人皎皎兮玉润，口若金声步玉振。

一指一顾向雄关，雄关东望际海山。

一挥一凛飞纶巾，其雪皑皑兮无尘。

漫天飞白卷地云，纷纷来下日初昕。

君不意，

天生此心至精诚，不疑形迹似矫情。
托寒先祝三杯酒，必与天地长为友。
唏嘘如泣兮冰挂，宇宙来眼皆如画。
唏嘘如叹兮松华，醉暖同观六出花。
犹有婉转歌唏嘘，酒酣长歌驾长车。
驰骋雪原行不已，去国怀乡九万里。
若有衷怀荃不察，尔来经年十万八。
与我携手约兄弟，关河海洲约共济。
便唱相依又相倚，神游大化莫此彼。
再作飞雪乱如麻，伴我一路到天涯。
噫吁嚱！
雪中吟成看雪赋，已觉梦中不欲寤。
最是光景留不住，何况言语向人诉。

歌行体·过七里泷吟忆旧

十数馀载兮旧遊区，转瞬而立兮过隙驹。

子陵钓处兮再访何须？山水已改兮但观一隅。

风烟净兮碧空无，富春江深应有鲈。

水坝拦兮江似湖，下游汀渚渐花芦。

鹭鸶静兮垂影孤，江上何处有渔夫。

偶听雀鸟三两呼，日正午兮人在途。

欲登新亭兮畏崎岖，恐添新愁兮非所需。

故友星散兮谁吾同趋，与论天下兮今惟歃吁。

天地之间寄微躯，独将文字玩自娱。

/

注：
陈力社系一九八〇年代早期华东师大二附中文学社团，典出班彪《王命论》："英雄陈力，群策毕举。"少年张狂，回首一笑。

歌行体·女红军坟

遵义名城天下闻，城有高山烈士坟。

八十年前多慷慨，红山曾埋女红军。

四渡赤水军情急，军团暂驻城外集。

时有老乡寻医药，欲语又止声悲泣。

自言家住大山鞍，老父幼娃染伤寒。

穷困无依死无棺，红军菩萨保康安。

军医雨夜越重山，数十里坡十八弯。

一顶军帽遮长发，红星照耀度难关。

一镶药汤映红星，几声鸡啼报天明。

匆匆返程追部队，眉目清秀忘问名。

才出村口团丁至，活捉女兵狂呼恣。

羸弱身躯疲如此，一人遭遇必一死。

人有七情恐忧惧，人各身受感谁同。

当时追杀恶犬凶，刀逼枪击路绝穷。

天地何广人在瓮，天地不仁呼天恸。

岂有肉身创弗痛，能速一死少骇恫。

曾受恩者莫奈何，事到临头束手多。

曾不识者来欲何，助纣为虐已成魔。

乌江呜咽流万年，苍山无语对苍天。

人间愿有明明在，值得一腔血红鲜。

山民畏兵夜收骸，月上松冈悄掩埋。
不敢树碑植一木，曲直在心戚戚怀。
明月松冈几度春，女红军坟只一人。
待到红旗遍赤宇，十四年后家国新。
孤坟移葬烈士园，红山红土慰灵温。
昔日袍泽同眠此，更有香花奠酒尊。
匆匆又过三十秋，当年英壮已白头。
军医院长访贵州，步步神伤祭青丘。
碑文读来色惊异，无名女兵深忆记。
当年集合令出发，军医不及返驻地。
百战余生思故亲，生死未明牺牲真。
有名有姓龙思泉，十八虚龄男儿身。
龙家广西是原籍，幼学悬壶除病疫。
随父入伍年十二，左右江边同起义。
七军转斗七千里，千里来龙到苏区。
历经五次反围剿，救死扶伤奋前驱。
青春少年才长成，革命资历作老兵。
西征鏖战过湘江，万水千山路还长。
一念为民拯疾苦，不期殒命留斯土。
人生自古谁无死，几人汗青留片纸。
世上有此真英雄，误认长发作女子。
的有青山埋芳骨，天道何忍弃忠魂。
年年不止清明雨，天地交感泪倾盆。

歌行体·拟王勃滕王阁行

星分翼轸接衡庐，豫章故郡府洪都。

控蛮荆兮引瓯越，襟三江而带五湖。

物华天宝兮光射牛斗，人杰地灵兮爱才悬榻。

雄州雾列夷夏合，东南俊寀纷至沓。

都督阎公仪仗来，宇文州史车驾驻。

旬休胜友会如云，千里逢迎高朋晤。

孟学士，王将军，

腾蛟起凤擅诗文，紫电青霜为虎贲。

小子何缘路出此，家君作宰在交趾。

小子何幸尊长前，躬逢胜饯序一纸。

噫吁嚱！

时维九月属三秋，潦水方尽寒潭幽。

烟光凝而暮山紫，俨骖马＋非而上崇丘。

将临帝子之长洲，爱得天人旧馆楼。

层峦耸翠出重霄，飞阁流丹临无地。

鹤汀凫渚岛萦回，桂殿兰宫体山意。

披绣闼，俯雕甍，

山原舒旷其视盈，川泽纡迴其睹惊。

遍地钟鸣鼎食家，弥津青雀黄龙艇。

片云销散雨氛晴，七彩虹融区宇明。

落霞才与孤鹜似齐飞，秋水早共长天为一色。

渔舟唱晚兮，响穷彭蠡之泽；

雁阵惊寒兮，声断衡阳之侧。

遥襟甫畅阔，逸兴遄飞适。

爽籁发而清风兴，纤歌凝而白云遏。

一若汉梁菟园之雅集，气胜渊明之酒樽。

又如魏武邺下之宴诗，光照灵运之笔魂。

辰景食乐四美具，贤主嘉宾二难并。

穷睇眄于中天兮，极娱游乎暇日盛。

天高地迥宇宙邈，兴尽悲来盈虚还。

眺望长安兮日下，纵目吴会兮云间。

地势极而南溟沌，天柱高而北辰远。

关山难越失路客，萍水相逢他乡言。

怀帝阍而不见，奉宣室以何年？

嗟乎！

时运不济命途舛，冯唐易老李广蹇。

非无圣主兮贾谊屈长沙，岂乏明时兮梁鸿窜海涯。

所赖君子见机作，达人知命不忧天。

白首之心老当壮，青云之志穷益坚。

使酌贪泉易志难，即处涸辙情犹欢。

北海虽赊扶摇图，东隅已逝近桑榆。

孟尝空余报国志，阮籍狂不哭穷途。

嗟予小子弱冠成，三尺微命作书生。

无路请缨赴游戎，有怀投笔乘长风。

欲舍簪笏功名身，便趋万里奉昏晨。

虽非谢家之宝树，幸接孟母之芳邻。

他日过庭陪鲤对，今兹捧袂登龙门。

抚若凌云须慧眼，奏非流水遇知音。

呜乎！

胜地不常筵难再，兰亭已矣多感慨。

临别赠言饯恩隆，登高作赋望群公。

敢竭鄙怀引珠玉，一言均赋四韵成。

诸公才如陆机海，潘岳之江各须倾。

噫兮诗云！

滕王高阁临江渚，佩玉鸣鸾罢歌舞。

画栋朝飞南浦云，珠帘暮卷西山雨。

闲云潭影日悠悠，物换星移几度秋。

阁中帝子今何在？槛外长江空自流。

五言偶纂十首

五言·玩字之一憾恨

人世苦乖错，错乖苦世人。
因缘有定数，数定有缘因。
临泣已知非，非知已泣临。
心伤死不恨，恨不死伤心。

五言·玩字之二安人

离别暂还痛，痛还暂别离。
迟逢遭遇际，际遇遭逢迟。
思君安辞远，远辞安君思。
诗须无意得，得意无须诗。

五言·玩字之三强勉

强勉言欢假，假欢言勉强。

常无知命算，算命知无常。

肠断更谁惜，惜谁更断肠。

狂歌为岁少，少岁为歌狂。

五绝·改骆宾王于易水送人

闻象儿诵小学课本骆诗，以景语咏史而气弱，改古风为律体以教之。

岂为一燕丹，发冲狂士冠。
秦川风正烈，易水气非寒。

附：《于易水送人》

［唐］ 骆宾王
此地别燕丹，壮士发冲冠。
昔时人已没，今日水犹寒。

五古·始雪口占

翩翩我来也，为报天生雪。
雪白水晶心，有情方始结。

五绝·净室晨兴

枕晓追全梦，窗晨入半暾。
浮尘平地白，踏处乱留痕。

五绝·闲居寄答

常思知我者，但恨识君迟。
孑立无长足，嘤鸣有短诗。

五律·荷塘静观（扇对格）

出水若浮萍，荷新寄浪生。

护花还掩面，叶阔顺风倾。

粉瓣分分落，金莲个个擎。

孤高莲结子，下有老身横。

五律·休沐日小园植爬墙虎

三春多变幻，季节乱如麻。

杂事难知趣，忙人不种花。

循檐分地锦，立壁数栖蜗。

五叶新芽出，看他攀与爬。

五古·徐行长赠美景相片即兴古风四韵

霞飞间云白，穹蓝半水晴。

天鹅来天际，只身有时鸣。

红掌不可见，白羽入浊清。

晨曛或夕暾，天地独游行。

七言偶纂十首

七绝·山行怀古

小杖扶持苔老迹，前山遮挡雨空音。
茫茫四顾无能语，懂得诗人皆苦吟。

七绝·兴化垛田

稻蔬盆景绕渠溪，阡陌堆田劳庶黎。
里下河洼丰裕地，千年兴化范公堤。

七绝·无架紫藤

藤花浓处还依地，紫气盈时自透墙。
又是一年春过半，半存旧梦半新光。

七绝·东亚唐诗会议晨遇春日沙尘即兴

热闹花间乱絮飞，尘沙偶亦共春时。

来根底下三生感，过眼心中万象诗。

七绝·辛弃疾有词郁孤台

山中或竟遮些住，台上何曾看得真。

把酒登临浇逝水，清江只认作诗人。

七绝·小院夕荷

寂静池塘过顶风，莲花悄向半天红。

重生缱绻前番月，偶起涟漪哪只虫？

七绝·过京中胡同

日影微移混异同，人情多变暗随风。
前年迎岁灯笼上，吉字犹存色不红。

七绝·批孔误百年矣

小人不逊怨夫子，老二何荣指仲尼。
翻案文章犹未作，知之民可使由之。

七绝·感事

还生情处心当住，须放手时言可休。
难得凡人增智慧，能将俗事做风流。

七绝·问道

生来上智谁知否，修得中庸奈性何。

或用十年存静气，心头一息不翻波。

江 山 雅 颂 十 首

五绝·韶山冲

江山处处山，民瘼事多艰。
茅屋斯人出，其心不一般。

七绝·人民英雄纪念碑

坐困行穷魂久散，摧枯拉朽局新开。
今当惜福平常日，几代牺牲血换来。

七绝·贺玉溪聂耳音乐节

江山胜处玉溪春，何幸百年生一人。
义勇军歌能热血，旧邦合唱地天新。

七绝 · 成昆铁道经红军长征路

云从山色云如岱，水走龙涎水若虹。
万里长征经此过，依稀辨认莽苍中。

七律 · 龙华怀想

灼灼其华浩气徊，夭夭厥色赤霞来。
音容已上凌烟阁，壮烈常名奠酒台。
谁解温风催泪涌，每逢胜景动心哀。
英灵不舍清明世，化作桃花带血开。

七绝 · 百年观史

心肝若在血应红，不忍相看世困穷。
谁信百年贫弱积，一朝振刷竟全功。

五律·遵义感怀

楼壁旧标语，旌旗主义文。

峥嵘多烈士，磊落出奇勋。

新国民蒙泽，匆年事过云。

觥筹交错侈，愧对老红军。

五绝·闻出兵朝鲜前一日为彭德怀司令员寿诞

十月逢今日，将军半百生。

餐风如作寿，漏夜正挥兵。

注：
抗美援朝纪念日为 1950 年 10 月 25 日，彭德怀诞辰日为 1898 年 10 月
24 日。

七律·纪念抗美援朝立国之战七十周年

黑云压顶多无妄，红雪锋头谁敢撄。

必有光明驱鬼蜮，须将世界立公平。

一人万古真雄魄，举国而今非弱兵。

七十年来新故事，仰天再笑宝刀横。

四言诗·百年庆

泰岳其高，天钟神秀。

时哉封禅，清明宇宙。

日升极东，赤霞盈昼。

祷诸四海，南山比寿。

不有金石？金石无知。

不有燕然？自往勒之。

天何言哉？长养于兹。

草木葱葱，生生其时。

河在南麓，河在北滨。

江山代谢，万古天真。

若碑若史，五岳峨峋。

无漫无漶，唯有人民。

西 行 风 讴 十 首

七绝·秦川吟

八百里川遗瓦砾，十三朝事入氤氲。
江山王气凭谁指，形胜为虚在得人。

七绝·新疆酬筵口占

西出阳关有故亲，山川飞渡酒三巡。
雄豪气必人中贵，见识儒为席上珍。

七绝·天池

雪影思飞下火州，松风欲趁入云流。
瑶池冷热西天女，为悦周王乱喜忧。

七绝 · 飞越天山

天山脚下曾行过，今又天山头上飞。
形势冰川茎脉白，风光坡草马羊肥。

五律 · 温宿雅丹峡谷胡杨

胡杨沙漠地，岩下两三丛。
骨硬身孤寂，枝繁叶郁葱。
虚心容苦水，老脸耐浮风。
入世千年立，死生无肯终。

五律 · 莎车

莎车称大邑，驿路史纷纭。
族合东西部，汉封忠武君。
讲经玄奘迹，祈福卫侯勋。
仰望雪峰似，朝天一片云。

七律 · 喀纳斯湖

葱岚玉鉴映冰川，世界澄明来眼前。
散马由缰青草地，孤鹰写意碧云天。
频吹泉响淘清耳，漫送林烟接翠毡。
必得寻将王母拜，商量讨酒结庐眠。

七绝 · 西域颂张班林左诸公

殊方版册入天京，绝域旌旄振铁铮。
不用吾才千里外，承平之世一书生。

七绝·伊犁口占并序

无洪杨之变，则无湘练之起，亦无同治中兴，又谁知左宗棠、曾纪泽为何许人也。祸兮福倚，清季倘无此振作，甘陕以西半壁河山不复为中国也久已。

西边几不过敦煌，万里兵锋万里疆。
不是洪杨先练手，谁知青史左文襄。

七绝·中印边界

八月秋高飒飒天，风行策马向西边。
冰川一点红旗动，战士守疆还在前。

江南两浙十七首

七绝·四月江南

无名意绪因春老，莫辨心踪迹梦迟。

四月江南谁说得，烟花来去尽成诗。

七绝·东瓯行程

连寒节气连天雨，隔岸峰峦隔眼云。

直直行从温岭过，楠溪丽日共风熏。

七律·舟行长江采石矶浦口间感作

朝发彩云来万里，钟山一近感吾衷。

行船忽遇江豚跃，思古偏逢桃汛隆。

浦口遗文存背影，石矶揽月激余风。

真情上下千年在，扬子无言但向东。

注：

朱自清散文《背影》写浦口火车站父子送别。《旧唐书》有记李白殁于采石矶，民间传为投江揽月而逝。李白《临终歌》有语"余风激兮万世"。

七律·无锡蠡园

传范蠡曾作《养鱼经》，自号渔父。西施浣纱不得
而身自为饵，心苦是有持纶为钓者。纵曰吴亡相
偕泛舟湖上，乌足信哉。

昨夜闲翻吴越事，烟波入梦到今晨。
兴亡多故浣娃泪，取舍无情渔父纶。
蘸水残荷描旧迹，扶堤嫩柳报新春。
游船争向鼋头上，留此蠡湖予解人。

五绝·太湖

颇爱湖山好，鹭荷渐亮天。
台风吾咄去，放过几声蝉。

七绝·忆冬日浙游

冬游经行观感，大凡江河侧畔，寒林枯树，寂石冷水，便自舒长卷，无须山居，处处公望境趣也。

上下天光铺远澹，纵横江曲衬疏枯。
寒林最合清宁水，任取富春新画图。

七绝·西湖夜

虫争月上初晴夏，鱼弄声来二老亭。
醺醉平湖风歇树，槐花梦落一天星。

七绝·湖畔

山皴水皱画青丹，西子形容不好攒。
近岸湖风波挤挤，为舒前面远平观。

七绝·杭州清河坊

层叠相生南宋地，清河坊巷古今谐。
朝天门倚吴山势，镇海楼通御道街。

七绝·西溪仲夏

万绿丛怜冷叶红，热蝉催歇柳梢风。
流霞欲共金溪隐，蒲苇扬招双鹭同。

七绝·宿西溪

垂柳亲鱼听一跃，欢虫噪月到三更。
蟾蜍不怯呻吟短，敢向蛙喧吼几声。

七绝·新安江怀古

山气梦吞来歙县，水声船寄下杭州。
明清一部江南史，成邑徽商古渡头。

七绝·过富春江

钓台说故慕天民，泷坝观鱼作饵身。
水涨山低沦没处，富春江上再无人。

七绝·千岛湖

湖光岚色迷离际，岛影云形比对间。
万顷粼粼湮没处，新安故道水中关。

七绝·新安江水库

一盆水库微观景，千座松山尽染霞。
侬我抱怀多种岛，从天落手似栽花。

七绝·呜呼子陵避明帝刘庄讳改姓

庄光本是严光旧，此钓还如彼钓难。
浪与汉家烦出入，罪名追到子陵滩。

七绝·四明山

客似云来云作邻，丹山第九洞天真。
人家燕子仙霞里，时止时飞与夕晨。

闽山台海八首

七绝·浙南泰顺入闽

顺溪镇外虹桥隐，分水关前雾境开。
千里驱车看不足，一山还送一山来。

七绝·武夷山

闲情最好入山巡，远近高低意上分。
丘壑崎岖难涉路，风雷傥荡不羁云。

七绝·闽粤山村多名垟名坑者

山坪闽粤称垟峒，坑谷湘黔号坝冲。
尔雅方言声语转，何妨此异化他同。

七绝·三十六洞天之首宁德霍童山

在陆名峰生福地，入洋为屿系仙船。
沧桑任便三轮转，不改云山一洞天。

七律·莆田饮中闻鄂疫

莆田饮旧友，骤闻疫情唯闽省独免。翌日谒三教
合一林龙江先生祖庙、平海天后宫，往仙游县。

浙县仙居未憩休，车趋莆闽乐仙游。
坐逢旧友心方喜，听报新闻色转忧。
或用龙江林祖教，须求平海默娘筹。
寰中一处今无疫，福地东南是福州。

五绝·厦门东望

目穷惟一峡，天运海山移。
鼓浪应无限，兴潮自有期。

七绝·台南西望

立祠文武香常祀，开郡安平额旧题。
夕照飞鸿人字小，乡思目送彩云西。

七绝·飞临海峡

须有风流来笔下，欲多识见上天央。
碧波镜海谁堆雪，颠倒云裳入浴妆。

岭表留吟八首

五绝·岭南答友人花树问

得生风水地，花树未知名。
伊自天真好，何须宠辱惊。

七绝·南方草木状

冬临一夜二三雨，寒到百花千万摧。
去去来来忘去处，先先后后抢先开。

七绝·花海

我俗耐名花海洋，与君到处溢琼浆。
郁金香盏万千醉，欢睡一生还欲长。

七绝·橹入荷湖深处

蓬影摇回焦叶老，丛茎拥住好花红。

高低先后荣枯夏，水鸟来依遇不同。

七绝·岭南寺院

除夕新年闹佛堂，摩肩接踵抢头香。

未闻正见求离苦，不耐清修欲致祥。

七绝·访梅岭诗僧未遇

梅花胜境古碑铭，庾岭雄关旧驿亭。

诗在云封禅寺壁，法虚方丈我惺惺。

注：

法虚方丈年四十许，人云法相庄严而不失俊逸，致力于规复宋代云峰
古寺。其今古诗作，颇具禅意，且发乎真性情而悯有情也。

七律·夜渡琼雷

正月初十夜渡琼州海峡往雷州徐闻县，其地有贵生书院、梦泉井、登云塔，时隔七年将再谒汤显祖贬谪之所，骋想寄怀作。

天海音声谁鼓荡，薰风得便送徐闻。
登云塔上胸当阔，仰月渡中思更殷。
倘问深情何所起，岂知带水竟相分。
七年再拜汤公井，一夜重温夙梦文。

七律·初旬白昼望月

最怕晨钟报晓鸣，别来贪梦只缘卿。
思将癌寐一心守，祈与舟车万里行。
念虑随时生呓语，形容对面作歌笙。
日长幸有上弦月，午望巡天到二更。

川渝偶成七首

锦江谣

夜鹭黑，白鹭白，绿波照影同翩翩。
行人岸上分朝夕，他自往来三两只。

七绝·成都锦江夜游

廊与飞虹桥合一，亭来解玉水流双。
晚花不欲容无悦，哄得灯明照锦江。

七绝·峨眉山高桥小镇

溯溪可上金光顶，依水来寻古碾盘。
还把春田蝌蚪数，如听蛙稻共宣欢。

七绝·峨眉山下花间堂

云声未落山头过，蝶粉已敷花面存。
一稻一蔬多有意，峨眉流盼在溪村。

七绝·夕佳山

翠绿苍青一望收，原无纷杂上心头。
与山分享春颜色，不染红黄不向秋。

七绝·重庆今昔

两江灯火映渝都，对景唏嘘惊世殊。
七十年前存照在，焕然天地一新图。

五绝·朝天门外江上行船

仙曲如潮至，嘉陵弄不停。
山城灯有意，投报满江星。

滇黔游踪十首

七绝·黔游口占示从行诸生

轻车夏日走黔南，好雨期然出岫峦。
都柳江来三百里，青山邀我两相看。

七绝·甲申过从江县岜沙苗寨

《书》云窜三苗于三危，放驩兜于崇山。苗裔播迁
必植枫，亦夏后氏以松殷人以柏之遗意也。山明
水秀而民人赤贫，夏未变夷，殊可愧矣。

枫迁万里植穷村，苗放三危记隐言。
逐鹿当年兄弟事，唐虞应愧武陵源。

七绝·登侗寨鼓楼晚以盥盆煮鱼充饥

薄暮忍饥行谷川，侗楼击鼓似当年。
榕江莫把夜郎笑，先学瓦盆烹小鲜。

七绝·取道侗乡往黎锦周行州境

临时起意访侗乡肇兴，颠簸竟日，爰得取道黎、锦，周行州境，亦快事也。黔东南苗族侗族自治州。

有道崎岖更不停，无端坎坷且多经。
人生快意随缘会，前路黎平向锦屏。

五古·山洪断桥假道湘西再入黔

天柱有时倾，江桥昨夜圮。
黔山绕楚山，得路观风水。

七绝·贵阳花溪

叶红知落韵流处，凫戏爱冲鱼宿家。

一半天光来碧水，花溪只合钓烟霞。

五律·昆明鸣凤山太和宫

山应情老寂，人欲步安徐。

草径寻金殿，蝉声向太虚。

圆圆非必也，耿耿又何如？

三桂疑怀旧，贰心叹枉初。

七绝·黔桂湘边四府十四县纪行

百越风歌壮我游，九夷居卜陋何求。

三朝偕与二三子，四府兼行十四州。

注:

子欲居九夷，曰君子居之，何陋之有？又曰吾无隐乎尔，吾无行而不与二三子者，是丘也。

七律·大理

南诏人间无复加，苍山洱海自烟霞。

四方佛塔云追影，三道茶歌客乐家。

白族才情高格调，紫城风度好年华。

阿鹏哥把金花唱，蝴蝶泉边处处葩。

五律·丽江

女国观溪巷，姑苏羌化身。

白沙听乐古，玉水漱龙醇。

霞客王宫宿，吴风木府亲。

东巴能画字，鬼亦敬人神。

注：

丽江纳西，羌裔也。古城枕溪，宛若江南。世袭土司木府，徐霞客谓其宫室之丽拟于王者。玉水寨引玉龙雪山之清流，旁有喇嘛教玉峰寺。白沙细乐则与洞经古乐齐名者也。

南 海 潮 音 六 首

五绝·三亚椰梦长廊

月色染清霄，天涯动远潮。
好风无睡意，摇曳美人蕉。

五律·海棠湾放筝，风吹凉帽同升

跳浪踏沙行，金波夕照平。
帆飞三两点，潮起万千横。
长线鱼旗活，高天鹞羽轻。
仰观希罕事，纱帽上风筝。

五律·亚龙湾

海宇何其阔，人间一太匆。
风观移步换，浪见转头空。
死后都幽默，生前半昧蒙。
嬉沙忘所以，笑与小儿童。

七绝·三亚湾二月既望

番波如是万千至，轮晕不唯三五盈。
中夜平心陪静月，忘听南海送潮声。

七绝·海口晴乍雨

蘸云浓淡一时急，着墨浅深何处惊。
人在阴阳天下过，不随晴雨换心情。

七绝·海南

身长影短日分午，事缺思圆月入宵。
一万年来无变化，懒看卷地动天潮。

关 外 放 声 八 首

七绝·北大荒

关外晴秋林草黄，川原舒展间青苍。
前头云影多情义，候我行停送伞凉。

七绝·自珲春过中俄边境

鹰翔影掠绿螺池，蝶舞风摇白玉卮。
极目长天云海外，不从花树辨妍媸。

五古·图们江界三国

山非两样山，水是一般水。
为有此将军，不曾稍退咫。

注：
    清季吴禄贞查边保疆，其功至伟。

五绝·青林有老木

老树立青丘，苍风出逸虬。

孤枯犹骨挺，抖落一身秋。

五律·长白山

入景成仙侣，偕妻乐此游。

将扶踏栈陡，巧盼避人稠。

轻霭迓红面，重岚望白头。

听湍清且远，介石与之侔。

注：

长白山，一名白头山。

七绝·乙酉重到镜泊湖

湖山平淡客归迟，廿载鬓添银发丝。
前案一汪宁静水，大橡蘸起好题诗。

五绝·木兰围场

云边天括野，塞外夏当秋。
万骑奔呼狝，一尊来致猷。

五绝·山雪

寂寂冬无语，茫茫野莫名。
山头霜雪白，毋乃为多情。

谒 先 贤 迹 十 首

七绝·谒湘陕鄂诸省炎陵感作

炎陵几处作连山，争为神农具豆笾。
百物生焉唯默尔，一身到此是当然。

七绝·谒湘阴左宗棠祠

胸中有未了之事，天下无如此大才。
万里千年功几件，一生得一足乎哉！

七绝·过临川吉州祭汤海若文文山墓

大略一身孤独意，雄才几处假真坟。
擎天驾海心无二，变化云烟情义文。

五绝·临沂王羲之故居

通神多吃墨，入木为依缸。
擦壁之之字，瑯琊出璧双。

五律·曹娥碑

绝妙好辞深，曹娥说到今。
江平非不语，情动始能吟。
久矣忘其本，猝然明此心。
人间亲子爱，一跃水难禁。

五绝·赞滇池大观楼长联

兴亡证宿知，气象出雄词。
可作千秋谶，难为一字师。

七律·宜良岩泉禅寺抗战中钱穆居此著国史大纲

云南阅遍好天光，驿旅无书负日长。

铁道穿通犹窄轨，石林绕过是穷乡。

为寻史迹经禅寺，谁著宏篇在佛堂。

抗战人人开国运，复兴今我上龙香。

七律·西南联大纪念碑

三校西迁南渡同，精神足可士人风。

重温史笔真知义，再往燕园默吊冯。

能有斯篇多与世，应无苛责苦其衷。

君君父父儒生愿，恕到碑前一鞠躬。

七绝·淮阴文通塔漂母井口占

接人须忍韩侯忿，临井犹怀漂母情。

不耐蚊虫频刺痒，文通塔下杀他生。

七绝·携雄象二儿谒安溪湖头李光地宅

行健为雄爻旨大，太平有象象辞安。

相公夙志明时遇，岂在冲恬又晋官。

注：

清代李光地，康熙朝文渊阁大学士兼吏部尚书，助平三藩之乱、统一
台湾。著《周易折中》、《性理精义》等。

岳阳楼记十首

七绝·岳阳楼记拟七绝十首

庆历四年春谪兹，一秋百废各兴时。
重修旧阁滕宗谅，属予为文以记之。

巴陵胜在洞庭湖，衔岳吞江涯际无。
阴夕晖朝千万象，前人备述大观图。

北通巫峡骚人至，南极潇湘迁客逢。
览物之情多会此，登临怀抱不相从。

若夫淫雨怒风徊，连月霏霏天弗开。
商旅难行星日隐，排空浊浪樯楫摧。

虎啸猿啼薄暮窥，登斯楼也客为谁。
忧谗畏嫉萧然目，去国怀乡感极悲。

至若春和适景明，天光不使玉澜惊。
沙鸥翔集锦鳞泳，岸芷汀兰郁郁生。

一净长烟对月娥，登斯楼也答渔歌。
神怡心旷忘荣辱，把酒临风极乐何！

嗟夫予亦别尝求，物喜他来岂自由。
不以己悲君子道，穷通顺逆与天游。

庙堂高处为民谋，远斥江湖君我筹。
进退无非遭遇境，先于天下解其忧。

然则何时乐且优，后于天下此心休。
噫兮愿有斯人也，否则吾将谁与俦？

域外漫笔十首

七律·土耳其欧亚海峡大桥俯瞰

拜占庭堂罗马杖，伊斯坦堡可汗戈。
兼名异教你中我，对面分洲海似河。
西亚东欧前后脚，远帆长峡往来梭。
南朝四百八余寺，不比蓝穹尖顶多。

七律·戊寅春纽约有感

卧儿衢巷金融市，步老围街戏剧台。
扭鹊客能妖剋否？埋雷坑美利坚哉？
佳名人自迷魂紧，霸道天将揭相开。
所印无非花绿纸，环球货贡钓来来。

注：
卧儿衢较之华尔街音犹近 Wall street，步老围与百老汇（Braodway），
扭鹊客与纽约（NewYork），埋雷坑与美利坚（American），皆如此。

五律·庚辰新马泰三国游

飞舟过海山，别是一人寰。
殊境还同镜，方言各异颜。
汗忧登顶日，神爱露腰蛮。
世界万花桶，风情转转间。

七绝·海参崴感赋

寸山尺水画图中，擅写丹青构不同。
斜照横波无所语，深怀曲笔未由衷。

五律·车行德国见风物颇类黑龙江省有感

物候一时新，苍原带黑榛。
土宜同柳外，地气仿松滨。
庶既阜能及，诚然德有邻。
敦风须世代，化俗望吾民。

五绝·访布鲁塞尔欧盟总部感作

青帜召方国，金星合远夷。
大同新世界，须树汉家旗。

五律·莱索托王国帽山

南非有桌山，莱国百夫关。
壁陡危难上，巅平阔可圜。
帝英围解去，土著战生还。
抗日山东崮，神形颇一般。

七律·乙未访英

泰姆河边旧壮观，伦敦钟塔几声叹。
孤悬海宇徒筹策，老去精神待盖棺。
日不落心心未落，古难全事事才难。
华洋非类神离合，势利提防此腐酸。

五古·新西兰火山

火山留巨孔，碗底芳茵蓊。
天地有风雷，他年还一动。

七绝·墨尔本四月天

望海巡城兴会逢，南洋花木正葱笼。
一天感得四时意，两造听生八面风。

注：
    两造，双方，借指天地、阴阳。

仰 观 俯 察 十 二 首

七绝·天地

天旋西北频频补，地向东南步步倾。
往复思圆都未满，人间总不作公平。

七绝·咏孤星

清寒落寞自徘徊，入梦微声放不开。
百世游吟终未了，灵明一点在高台。

七绝·望星斗

天上约应同赴尘，世间遭遇未知亲。
他年云汉重回处，记得相逢作路人。

七绝·观天未看花

好事宾朋约露台，英仙坐等彗星来。

早知另有如期至，不使昙花自顾开。

七绝·云雷电闪夜

穷帷推攘百顽童，天地开张两画工。

料把浮云当素纸，偏锋劈写几枝红。

五绝·乙酉季秋望夜月食

盈少虚多月，惯常浑不知。

忽然偏有食，总在正圆时。

七绝·金星伴行

无奈人心多境转，有情天道或珠还。
夜来且待开云月，相看长庚四季间。

七绝·湖畔夜话

一刻金宵唯梦对，三杯醉眼与天盟。
云中定有丹青手，泼墨龙鳞月点睛。

七绝·夜观星象

儿欢同指一轮月，人老相看几颗星。
天上事情知不得，梦依北斗徙南溟。

七绝·飞行中

坐读丝丝知意默，飞行朵朵看云低。

天凭一气分高下，跃上清层不仰迷。

七绝·飞行中又一首

旧迹知来犹缱绻，前航计到且糊涂。

观云雾里三千相，万卷于胸任卷舒。

五绝·望云听风

云是山蒸气，风来水发声。

默观天地也，龙虎有时行。

修齐随录十八首

七律·辛未书斋听蛙感子夏战胜语

《韩非子·喻老》记子夏言于曾参"两者战于胸中，未知胜负，故臞。今先王之义胜，故肥"。志之难也，不在胜人，在自胜也。宅对泉园，陈从周题海上第一泉焉。

孤灯默坐谁扶笔，抱负平生绝酒杯。
窗对泉园听水去，神驰山野戴花回。
情痴以瘦茶三盏，义胜而肥烟一枚。
子夏之贤犹自战，二更蛙鼓不须催。

五绝·假日携儿牵龙儿自以小名呼犬

佳儿称犬子，古语意何违？
呼唤名相若，同欢草上飞。

五古·养儿有感

黯昧随缘法，童蒙根慧业。
翩施世网中，不忍还笼柙。

七绝·辛巳卅六岁自题

五车三顾实无能，一石八分空自矜。
而立匆忙侵不惑，尚多意气未兢兢。

七绝·陪王师散步归有感

衔露浮华若有才，冉求狂简不知裁。
一行作吏诗心废，抱憾多年箧未开。

五律·癸未假日公事午归百步楼复式寓

归把梯阶数，世羁如却留。
及门儿接早，入座馔陈周。
书积八千册，心悬三两头。
奥堂高处近，须上一层楼。

五律·甲申履新百日

匪躬何蹇蹇，衣带月旬宽。
门喜能罗雀，杞忧生肺肝。
过差宜阔略，兴作勿频繁。
好问无私用，己恭南面安。

五古·乙酉京师大有庄黉舍望月

性非喜应酬，懒作闲居语。
画影看妻孥，清辉初上处。

七绝·闻幼儿岁考尾榜戏题遥寄内子

童蒙如愿作孙山，苏子预言初过关。

窃喜生儿愚似我，梦熊只为象其顽。

五律·四十自题

今当止惑人，出处旧还新。

神会百千万，精同日月辰。

龙鳞撄莫伪，兔角信为真。

匪石心焉转，堂堂托此身。

五古·戊子春侍父返宁波紫金巷林宅

古稀归祖屋，敬肃儿孙穆。

有待且含饴，无须多问卜。

七绝·戏儿

食有鱼糜出有车，严慈呵骂总多余。
癫头生子都言好，又道佳儿隔壁居。

七绝·述先祖母诲儿语

先祖母诲予者，髫龄少记忆，惟人不可有傲气不可无傲骨一语，及老不忘，因以教子。

大母曾将铭座右，老夫今以训庭中。
少年不为皮囊好，英挺无非骨有风。

五律·半百题照

世俗貌年庚，吾狂认后生。
时呼公子某，尚应老夫名。
窃喜春稍驻，堪忧事不更。
读书唯欠少，养气最宜平。

七律·戊戌冬晨沪赴台起飞记

时当岁杪云沉野，每到晨初雾入闱。
腾日应来还亮白，孤星尚在自明辉。
徐行迎见风车巨，遽起俯观尘芥微。
穹宇青清原若此，天高海阔只须飞。

七绝·如风

但有精神不有形，愿为大块噫吁声。
关山历历平平视，丘壑重重款款行。

七绝·偶感

中年役物每劳形，登了前山又不平。
吃去八分真气力，值回一点好心情。

五绝·笑己

老来如少年，快活入痴颠。
天纵皆听我，我行都与天。

載道入韵十首

七绝·严州古城

世世富春江水流，子陵到后有严州。
莫如天下皆佳姓，姓善姓公何用刘。

七绝·海棠台风后一日寓楼观云

风来海上播南熏，腾白飞霞动庆云。
远在中原经旱草，总须霖泽送均分。

七绝·莲池

圆叶如盘收滴雨，直枝作秤计摇风。
厌听环侧蝉声噪，荷欲波平去不公。

七律·癸酉夜读偶题书扉

古今到处多缘法，地理天文俯仰身。
欲学平常心接物，须凭忠恕念来人。
灵根浅也增新慧，浩气浑然作善因。
诚有性情无不可，阴晴圆缺各精神。

七律·甲戌车行山谷险路感作

子曰："君子无终食之间违仁，造次必于是，颠沛
必于是。"又曰："素富贵，行乎富贵；素贫贱，
行乎贫贱。"又曰："下学而上达。"今人依山间溪
流走势，勘设通道，乃拜自然之赐。

颠沛之间造次间，行乎我素是仁焉。
灵明一点持将住，道理千端执着迁。
峰路转回疑勿久，涧溪流向果能前。
天工必不输人定，顺水循山拜自然。

五古·登山

青阶花隐叶，冷落翻飞蝶。
一路过烟云，何须登达捷。

七律·乙酉六月望夜闻西邻犬吠

坐露台闻西邻犬吠，是日阅报花旗国指中国威胁云云。

入眼风烟出月清，晦明星过景云惊。
笑他何事西邻吠，咄尔无端东向鸣。
夜落四隅犹未息，斗升一极正新衡。
从容假我年多寿，欲见皇枢世运更。

七绝·南疆巴楚

楚水巴山不与侔，汉唐立此尉头州。
安西三十六方国，遵古更名万世谋。

七绝·中美关系

两洋激荡迎头撞，列国周旋对手逢。
扁鹊难医嗔傲妒，美人得了失心疯。

七绝·辛丑端午闻七国丑聚

夹雨生炎蚊扰世，扮猪拖狈畜翻魔。
端阳送疫驱伥鬼，鼓舞人间演大傩。

读 书 成 诵 十 首

五绝·夜读

风来暑亦怜，心热五千年。
知物先知我，对书如对天。

七绝·夏夜观书

一生便算一千月，百岁才观百万时。
应有风来心意足，好书寒暑作相知。

五绝·斯特拉斯堡彻夜研修

长夜共千殊，大寰还一如。
晨风来入梦，拂我枕边书。

七绝·忆早年嗜书

知逢故友落胎前，用到今时经眼先。
天上仙乡何所在，藏书卷卷是娜嬛。

七绝·读宋词

莺莺燕燕多依旧，哭哭啼啼少出新。
婉约写来逾万数，好词几个有情人？

七绝·偶读诗

年少追风颂大师，识如盲瞽掉文词。
何将红豆斤斤较，不把苍生面面知。

七绝·闲庭

昏昏绕树移眠处，浅浅观书过午时。
秋老偏寻新落叶，梦多但记旧沉思。

五绝·山窗对书

眼见到余心，何须彼此寻。
似还如不似，天色变云深。

七绝·夜读梦诵

浮生常滞活泉源，畅达何须韵字翻。
梦里吟诗真信得，觉迟又复不成言。

七律·甲戌志八年披览古籍近三千种

愿将夜读做修行，诸子诗文吾典型。

四部多贪廿五史，八年略注十三经。

二千巾册来还去，九万里程游不停。

未觉风华因此老，蠹鱼相与惜惺惺。

听 音 观 剧 八 首

五律·蝶殇

心事通灵后，何言一死生。

伤其非化蝶，苦与共投茔。

失意终无我，多情最是卿。

虹霓非可豫，争奈雨清明。

七绝·巴黎夏至夜音乐节

花街随众听彤管，番肆思人觅琭环。

左岸风歌消歇处，西来此夜月钩弯。

七律·拟贺绿汀作牧童短笛钢琴曲

如忘若忆耳听风，长向故园醒梦中。
越岭来兹生崎峭，资江到此化茏葱。
随缘飘雨亲田舍，遍野迷歌唤牧童。
天下汹汹无世外，桃源碧血证花红。

七绝·夜闻萨克斯风

晚来辗转听邻笛，梦入漂沦泣镜鸾。
往事都成千古恨，今生只为一人欢。

七绝·世界传统非遗音乐展演有感

七孔八千年骨笛，五声十二律丝弦。
遗珍多少今无识，山外好音天外天。

四言·戊戌春贺交响乐《炎黄颂》首演

天地玄黄，日出东方。
开辟鸿蒙，宜盛宜昌。
耕稼农桑，舟舆冠裳。
造字作乐，制度文章。

胡为曰炎，列宗列祖。
胡为曰黄，吾民吾土。
历五千祀，江山永祜。
风雅兼颂，新出绳武。

源远流长，声润抑扬。
生生不息，坤仪乾纲。
化育物类，其乐未央。
祥致和气，八音康庄。

美哉聆也，绕梁移时。

协和交响，多元一知。

国风入律，文明史诗。

好音圆梦，乐何如之。

注：
贺上海音乐学院原创交响乐《炎黄颂》首演于 2018 年第 35 届上海之春国际音乐节闭幕式。

七绝·飞宜昌观新剧航路遇雨折返

缘如风雨梦回处，义在云天心到时。
便问清江深或浅，好听新曲律中诗。

七绝·作主题歌相信一首后记

江山远近都承日，草木高低各沐风。
天籁共情情出我，人心相信信由中。

注：

为上海师范大学原创歌舞剧《2020好儿女》作主题歌《相信》。

拜白依杜八首

七绝·廿八岁解颐诗

呵呼胆气弗登船，放肆襟怀自在天。

前世若非输酒力，百篇不让李青莲。

七绝·庚子春湖默诵十四谐字

鲤肚白侵塘苇梦，泛舟棹送柳苏新。

中年认老多无感，此处观春尚有神。

注：
前二句谐音十四字，唐诗则李白、杜甫、白居易、岑参、王维、孟浩然，宋词则范仲淹、周邦彦、李清照、柳永、苏东坡、辛弃疾，皆余平生深佩不已者。

七古 · 致李白

十年书剑赎三餐，万世功名还一哭。
做了诗仙妄语多，酣声留与他人读。

七绝 · 洒脱

天地有情皆我师，出神奔逸好吟诗。
将成落拓无羁句，总在飘风急雨时。

七绝 · 春日忽念李白句

烟花一片描无出，风韵五官知不全。
亿万人生来又去，谁留半句咏千年？

七绝·黄鹤楼

东西南北此中楼，江海湖山一小洲。
黄鹤专情崔颢句，不容李白作前头。

五古·广厦千万间

广厦千万间，工部必欢颜。
滴滴劳人汗，一砖安得闲。

七绝·戒诗

岁月催人老少年，潮流笑尔小青莲。
何须翻覆出新意，今世谁知诗百篇。

学维尊轼八首

六言绝句·依韵王维田园乐

新知密云待雨，老话往事如烟。
须悟人生偶梦，觉来又复长眠。

附：六言绝句　田园乐

〔唐〕王　维
桃红复含宿雨，柳绿更带朝烟。
花落家童未扫，莺啼山客犹眠。

七绝·鹿苑寺银杏传王维所植

摩诘终南山不终，亲栽银杏与诗同。
能生能死重来叶，当去当留尽付风。

五律·听鱼忘蝉

无思半若眠，趺坐柳湖边。
猝响寻鱼跃，余波画梦圆。
缘株而待兔，羡目以临渊。
一动人难静，不如单调蝉。

五绝·秋晴

日色观仍好，眠情觉已迟。
秋风来昨夜，天老地无知。

七绝·惠州罗浮山

南来处处好湖山，苏子当真不欲还。
蹭蹬一途多得趣，蹉跎半世少生闲。

七绝·中秋拜子瞻

望眼凝星秋廓净，快云追月夜清寒。
此情相隔岂千里，前世婵娟今世看。

七绝·海南思坡公寄儋州尹

因诗成案或为先，对酒当歌谁作前。
彼辈含沙皆射影，唯公过海不瞒天。

七绝·俗字入诗辩

俗到用时方恨少，话逢知者已嫌多。
千红万绿生生际，不顺其然欲作何？

岁时风物十首

七绝·癸巳初一过四明山

薄雾翩翩承旧梦，微暾悄悄入新年。
春山不待春风至，看把梅花共雪怜。

五绝·暮春樱尽

得而何失之，莫若本无时。
才见缤纷盛，因生寂落悲。

七绝·入梅花事

云浓爱作黄梅雨，夹竹桃花热烈开。
醉白连天春未去，香红扑面夏方来。

七绝·夏至

热来梅子绿中黄，大紫还红日变妆。
闷雨初晴槐树下，鸣蜩翻出羽衣裳。

七绝·伏夜望飚

三伏焚蒸夜望飚，星光濛翳见微哉。
八千里外龙初起，已遣祥云队队来。

五律·台风预警

大暑心头热，闻声不耐烦。
偏多枝上闹，每向耳中喧。
思静知风至，忧深恐浪翻。
新飚将欲袭，暴雨两三番。

七绝·台风至

翻云覆雨晦明中，一阵南风吼北风。
都扰扰时行不止，各归归处异还同。

五绝·秋来樱树下

秋来樱树下，叶落莫时违。
犹念春之际，繁花满陇飞。

七绝·己亥除夕

三百六旬零几日，双拳打得乱拳开。
多烦常与五行转，无故还添一岁来。

七绝·庚子立冬感赋

花开花谢短长争，我用诗笺攒落英。

不值春秋皆应卯，将凭天地是同庚。

下况杂咏八首

七绝·蟋蟀

瓦釜掀开一片天，两边捉对势当然。
不知鬚草谁来弄，振翅锵锵胜负宣。

五绝·坚果

秋来花结实，壳硬色深陈。
任是年华老，还将合住春。

七绝·咏桂

驿角山川未之舍，锥芒天地不能藏。
一花都占嘉名号，仙客丹樨九里香。

七绝·小龙虾

人生快活辣堪夸，吃得唇麻美食家。
双手浑成油虎爪，一街尽是小龙虾。

七绝·羊肉串

野火天教烧烤味，肥羊自送嫩鲜香。
姑娘不是斯文兽，肉串当前去伪装。

七绝·饺子

谁将一物两分尝，肉麦葱糜各半香。
里子面皮须作合，人间滋味贵包藏。

六言·席铭

一生弗短弗长，总归这个那个。

拿不起时放下，耐得住处请坐。

五律·咏茶

为爱山中气，常将绿叶烹。

三春留以发，百味入其萌。

养志回甘苦，怡神转浊清。

烟云吹散际，手盏一天晴。

少 年 游 存 十 首

五律·年少自篆口木公子印

少年喜读经典，颇与时乖。晨昏盘桓，俯仰吟哦，
独往独来，自号口木。以昔之呆视今，一叹。

客问少年事，私钤公子章。
口方开有度，木直用无常。
觉困生文字，人呆任猖狂。
林坛来杏侧，欲我善医匡。

五绝·问命相

孔明前世生，金水格纯清。
结舌沉吟久，天机也矫情。

七古·午经丽娃园草坪忆少时

忆昔晒书常坦腹，丽娃春草茸茵匐。
朝天青眼看闲云，落地红尘生散木。

七绝·长途电话局

长话简言难煞哉，虚情实意费疑猜。
何妨自许真名士，提不起来扔不开。

七律·扬州何园月食后

方经月蚀更绸缪，长望晴圆寄啸楼。
一旦有心成病客，万般无赖是扬州。
梦魂底处猜何喜，情性中人劝莫愁。
解得风流能几个，果真才子说还休。

七律·常州天宁寺与海盐云岫庵卦同

云岫庵，位于海盐县南北湖鹰窠顶，尝随业师王
公访焉。年来过寺，三卜俱比子建，偈语深诚，
是知才之不足恃也。

再卜辞同云岫庵，洛神赋罢作龙潜。
托生为唱天天想，转世仍摇下下签。
小道成名才七步，大雄无畏筊三占。
思王英俊不相若，年少颇如老子瞻。

七绝·逆旅偶恙

寒衾薄枕事平常，惯作孤辰客异乡。
恰是悲心托何恙，无医可药五更长。

七绝·小儿女

乍悲乍喜过营生，痴女痴儿谈爱情。
醒里梦中都是你，人间天上只因卿。

七绝·清宵吟

几处愁云几寸肠，半轮孤月半天霜。
风无萧瑟人萧瑟，夜到杳茫思杳茫。

五绝·夜雨

叶动风藏影，纱垂雷隐天。
思人人未至，夜雨到窗前。

师 友 酬 唱 十 二 首

七绝·诸友邀聚竹苑

会意何须用切磋，舌边半醉已呵呵。
同临绝妙精微处，一啸人间不可歌。

七律·书简

北雁将归秋昨立，南窗退暑隔纱屏。
花间露气应初感，林下蝉声已惯听。
义在书中常愤悱，情当别后总丁宁。
长宵学写右军体，永字描摹新有形。

七律·乙酉法德边境晤后寄赠陈生

三秋从我共门墙，万里相逢愧训方。
汉学持衡思义隐，拙诗覆瓿感君藏。
年来差事多劳碌，老去身心幸寿康。
颇待开销于役后，约同重检旧书囊。

七律·癸酉闻秋冬将役淮南预辞诸友

无奈人间胡乱催，劳神辟邑尽余杯。
身非蜡炬燃中泪，命属佛灯荧后灰。
欲买河东新岁贴，盍抛淮上故书堆。
他山所幸能磨剑，冬至阳生带雪回。

跋：
　　淮南偶得龙泉一柄，返程辗转大雪中，果然诗如谶。岁杪补记。

七律·淮上奉答

癸酉桂月，四下武林，旋客寿春。驿星照命，孤辰悬空，人生如寄尔。葛洪之岭与夫舜耕之山，迭印于心目；木犀兰桂之馨，幽然而袭人。依稀恍惚，其在彼为真耶，抑在此为真耶？乃知庄生梦蝶，迷途犹未远矣。年来多故，自乱方寸，昨非不可谏，今是未能期。君子多畏，小人无常，警醒惕厉，惟以多言为耻也。淮上素号文物国，而今书肆萧索，偶得短笛于坊间，谓逆旅幸遇可也，知音者固山隔水阻，然天籁寂寂，世喧嚣嚣，惟此雅物，少存古意。纵不辨宫商，大音稀声可也，怀人属思，不亦乐而不淫哀而不伤者欤！

多经变故畏空无，似幻如真且嗫嚅。
桂气袭人初适意，浮云锁岭渐迷途。
依稀西子寻残梦，怅惘南淮逛古衢。
新笛买来谁有谱，宫商角徵费嗟吁。

七绝·甲戌徽州西递和玩琴老人《西园》并序

徽州西递胡氏始祖明经公，唐昭宗子，避朱温之祸，褪匿民间，易姓胡。后唐同光三年以明经科登第，及今而千年。玩琴老人胡公，讳星明，又号晚晴堂主，能诗。民三年生人，今八十有一。冲龄发蒙于育英小学，弱冠入军校。中年坎坷，及老致力乡俗研究，里人目为长者。世居黟县西递村西园之井花香处，系道光年间营构。余过其宅，甚投契，自辰至申，忘年亦复忘时，烟三盒，茶四沏，即兴唱和，诚逆旅快事也！古黟之西百里即彭泽，为邻邑，黟人或断陶元亮之桃源在黟境云云。

夹雨岚风对扇掀，带花藤蔓顺墙翻。
明前绿叶摇杯底，胡老先生坐小园。

七绝·董生告近况寄答

我到黔山知取材，生根卓拔勿能摧。

殷勤望汝牛车备，四六多分一石才。

七绝·己丑处暑邀郁焦徐叶赵诸学友侍宴王钱二公

岂为功名皆攘往，不存心事自熙来。

苗而能秀枝繁远，同气师门连理栽。

七言·壬辰夏次韵莫言赠诗

中年幸会话当年，说得其然所以然。
识字莫言人世解，谁将运命底层看。

附：七言·在勇兄教正，莫言左书

转瞬已过三十年，当时心情已黯然。
萝卜透明成虚幻，高粱火红别样看。

2012 年 6 月

七绝·庚子劝友

欲劝吾兄加饭餐，公忧不瘦大为难。
花开花落时皆好，春去春归世但安。

七绝·为尹世兄遥题明澈山房

一室存香邀古意，临窗写去几枝花。
糊涂难得行由我，明澈还须说与他。

七绝·多伦路口占寄赵明兄

多伦路上两厢楼，谁住谁行春到秋。
遗韵也曾无眼识，老街亏得有君修。

伤逝怀人六首

七绝·旧居西窗花影

二十年前旧雨痕，双行清泪印今存。
晴光映壁知人意，画出桃花眸子温。

七绝·己亥清明嘉定清竹园

不觉年年如梦驰，垄花又到遍黄时。
爷娘冢上焚香祷，椈柏芽头吐绿知。

七绝·吴中锦绣山庄祭扫

何缘卜地此山中，祖妣生前可梦熊？
树木十年遮望眼，尧峰正对太湖风。

七律·哀先师王公家范先生

昨谒犹安翌吊殇，门墙卅载只仓皇。
古今通论学能济，德业国师时未勌。
历历观来应冷眼，遥遥归去尽温肠。
连天苦雨知谁为，洒泪滂沱子弟伤。

七律·癸酉赠胡君

君讳河清，率性真人也，长余数岁，一见如故。癸酉秋冬于役，客淮数月，朝夕同室，倾谈相得。负暄则衣单而每坐迎向阳之暖，纵目则楼孤而能远眺舜耕之山，秉烛则夜读不欲其晃眼，塞聪则思静不堪其雷鼾，皆纪实尔，见此行之苦；雪茄、胡笳，谐音噱也，见友道之笃。初题戏胡与之，阅毕朗然欢笑不止。尝为余观相预言，疑信之间，不敢相忘。越明年清明节气，一夕余通宵不倦不寐，未以为意，晨间忽闻君于夜半飘然而逝，为之怆然涕下。约余暑假同往故里，携游绩溪，不能矣。胡君殁后三月，余故有蓄须皖南之行。胡君殁后十年，乙酉清明补记。

旅次题诗无旷怨，从容拂去是非尘。
负暄纵目同知乐，秉烛塞聪应会神。
漏夜颇谈方外事，宽江相忘曲终人。
雪茄持起胡笳卧，雾里云间已近晨。

七律·甲戌歙县往绩溪芜湖至雄路天晏无车折返念友

一友时方往生,一在缧绁之中。忧念累月,颌下不修。怅惘独行徽州北道,亦缘二友宣芜人氏也。《庄子·大宗师》云:"泉涸,鱼相与处于陆,相呴以湿,相濡以沫,不如相忘于江湖。"余以此诚不可得也!

凶年百事叹呜呼,覆镜愁容养乱鬏。
每觉登仙言自慰,时忧履尾噬无辜。
一停二看三通过,上达中庸下况喻。
歧路标牌观久久,最难朋辈忘江湖。

谐趣打油八首

五律·老友谈养生

周天通宇宙，小我大何穷。
七尺唯三寸，千年尽一盅。
养生摩足下，救命掐人中。
闲话皆堪笑，百无聊赖同。

打油·甲戌徽游志怪

齐云山，道教四大名山之一，今夏旱，了无云也。
电影《菊豆》以南屏村为外景，改叶氏支祠作杨
家染坊，置卧榻于神位，挖漂池于堂上，另有不
忍言者。余宿西子湖畔，一夜八千言，序罢新著
《体认孔子》。翌晨应约自杭乘班车赴黄山，且颠
且眠，薄暮而抵山门，方知所谓黄山距此尚有一
百五十里，即原屯溪县，诸友引为笑谈。

齐云山上云不齐，西递村里辨东西。
杨家染坊本姓叶，黄山原来是屯溪。

五言打油·作曲家宝二爷欲我七步为寿，戏成贺之

五十郎当岁，青春索寿诗。
洋年廿二日，二月二爷痴。
玩笑人间宝，童心不老时。
谱歌应作怪，惊到地天知。

七绝·画人

是何贵相上双肩，阔口翻唇满面前。
鼻孔如能无向下，眼光只管更朝天。

打油五律·六畜兴旺

羊头悬上架，狗肉臭朱门。
口沫吹牛咽，蹄香拍马奔。
鸡飞毛凛凛，猪突气哼哼。
六畜何辜矣，人中比不尊。

五言打油·点名白酒

金门谁董酒，酒鬼二锅庄。

竹叶青西凤，剑南春杜康。

茅台古井贡，李渡两花郎。

口子全兴酿，习汾水井坊。

双沟七宝糯，四特五重粮。

笑我不能饮，偏寻老窖香。

五律打油·青岛啤酒节

青岛佳城乐，生啤节庆游。

一街因有酒，百姓尽无忧。

明月灯间照，清泉舌上流。

大杯寻大桶，拧对水龙头。

五言打油·报烟名一百零八种找抽

吸烟害健康，年少勿偷尝。

重九和天下，中华大会堂。

雄鸡红双喜，熊猫芙蓉王。

利群好日子，泰山大稳当。

牡丹华西村，荷花石家庄。

天子一支笔，真龙新安江。

黄鹤楼公主，红塔山凤凰。

玉溪阿诗玛，青岛福满堂。

钓鱼台娇子，中南海艳阳。

金圣大运河，将军景阳冈。

蝴蝶泉石狮，一枝梅猴王。

兰州小熊猫，黄山七匹狼。

大红鹰飞马，梵净山夜郎。

红河金丝猴，雪域大吉羊。

金牌黄果树，中央大礼堂。

哈德门遵义，红旗渠许昌。

北京大生产，上海伊力王。

八达岭白沙，滕王阁苏杭。

南京金芒果，重庆白鹤梁。

长白山石林，北部湾远方。

伯爵鼓浪屿，勇士北大荒。

威虎山雁塔，哈尔滨敦煌。

大福字宽窄，新时代盛唐。

红梅红锡包，绿叶金海棠。

版纳情团结，壹零捌星光。

人参关东烟，长寿喜洋洋。

苏冬虫夏草，皖国色天香。

贵恭贺新禧，云龙凤呈祥。

宇宙黄金叶，丝丝较短长。

品牌也无他，香精做文章。

后　记

　　曹旭教授昨夜发来讯息，嘱我谈谈写诗的背景和理念，想想先生应该是时近子夜还在灯下批览拙稿，为写序文，不由感念前辈的厚爱高义。原本自己不想多说什么，因缘际会写了些叫做旧诗的东西，想法几十年间也非一以贯之，这次选了三百余首近体诗古体诗，如何选或许已有某些理念在内，知者恒知，不知则又夫复何言。唯长者有旨，须遵之以复命，随兴写下来，聊作后记。

　　1976 年春天寄哀思有一波诗在传抄，秋冬后大揭批又有一波诗在墙上，当时虽是小学三四年级，字认得全念得顺就难免模仿。这就要说到感念师恩了，在静安区第一中心小学，就会有这样一位并不会写诗的金德珍老师把我引到了写诗的路上。她把她珍藏的五六十年代出版已经泛黄的《唐诗一百首》送给了我。

这对一个小孩儿来说是多大的激励！尽管就连这一百首，我至今也未必都能熟读成诵，但却早早地开始了"也能凑"的生涯。少年青年时期真还写了不少，也学写宋词（那是另一本集子的事儿，我在此不说）。原本这次编诗集时还想选些个，不过，忍看少作，确实有悔，境界不够，格律不精，如今勉强能够收入的，也都是在十六七岁以后写的若干了。这是缘起。再说说关于这些诗的其他。

青年时代曾兴致极高、用功甚勤于涉猎古籍，经史子集四部并览，前后十年读了厚厚薄薄的也三千来种，关注点完全不在古诗词，但于不知不觉中所读，当也不少，经眼入心的养成是有些的。信笔到此，忽然记起，初一的时候在华东师大二附中得过全校对对子比赛一等奖，推想原因，未必是小学里就看过《笠翁对韵》，应该是从小对汉语言文字的各种引申义，同义反义近义喜欢摆弄，细微之处体贴亲切，就是现在所谓的用词精准、词汇量比较大吧。所以写起旧诗来特别喜欢和擅长对偶。这也就是我写了一些排律的原因，一气对仗连绵不绝，自己很爽。走到哪里都喜好仔细看看楹联，慢慢自然就懂得哪些是勉强的合掌对，自己就尽量超越死对而懂得流水活对。

还得感谢那时没多少声色犬马，自己也还不会把时间用在喝咖啡上。记得二十多岁的暑假，居然从头到尾在翻阅《联绵词典》，三十多岁暑假还从头到尾翻阅《辞海》、《辞源》。沉潜用功，真是一件后福不浅的事儿。如果有什么想告诉年轻人经验的话，那么，没有对语言文字下过功夫，怎么可能在最需要文字功力的旧诗上有成绩呢。我还得感谢曾经在中文系学过古汉语音韵学，虽然不精，就用我平水韵的这点知识去向客家人念一段文字，还曾经让他们以为我是客家乡亲。要写旧诗的时候，这种知识管用的。

旧诗就是旧诗，总之是要用古韵的。写词者用宋人的韵，写曲就用中原音韵。要用现代的新韵，那就写新诗好了。各尽其妙，各见风致，没有什么必要争论。现代人可不可以写诗？可不可以写七言？当然好，我觉得，小小兔儿白又白，两只耳朵竖起来，也非常好，七言二二三节奏比较符合汉语发声规律和认知习惯，这样的诗也可以写出好作品，按普通话也还押韵。只是，不要在前面冠以七绝二字就好。七绝七律就应该是它应该有的律诗那个样子。青铜就把它做成爵，精瓷就把它做成杯，都很好，但是最好不要把瓷器做成爵样。这大概就是我这些旧诗的理念。我写四言，就让它像诗经或曹氏父子的质朴沉郁，写乐府古诗就让它像古诗十九首那样淳朴流畅，写歌行体就让它有李白的性情放达，写律诗律绝，就让它尽量得唐人的天机、宋人的理趣、明人的性灵。什么心情，就什么诗；什么体，就什么用。自己到了哪个境，就说哪个话。没必要张冠李戴，所以我觉得如果我写旧诗有什么特点的话，就是我的构思和用词也不重复蹈袭古人，也很少假装古人古诗的僻字险语，我所见我所思我所到境是现在的、个别的，就如同杜少陵和王昌龄各自所见所到不同，写的也不同。我写出的旧诗内在和形式都有旧诗的样子，但绝不会把轮船硬写成扁舟装古样儿，假如我发现高铁确实不适合于入旧诗，我会写现代汉语新诗（这又是另一本集子的事儿，在此也不说了）。

做过五六年上海音乐学院的书记、院长，额外有一个收获，因为写歌谱曲，会让人更重视语言和音乐的关系。从物理生理心理上说，诗歌都是要有韵律的。看看维摩诘经，为了讲经说法便于入耳入心和流传，南北朝时候这部译经就是七言诗体。何哉？语言须有节奏和声韵。不讲平仄和韵脚，不仅不是数千年间具有旺盛生命力的旧诗，而且也不可能是现代诗中的佳作，只是可笑的回车键体。律诗之律，非但不是恼人的桎梏，恰恰正是诗的艺术性之所在。平平仄仄又接平平仄，关乎气息收放的咬字发音，关乎语言要素的听觉认知，岂可漠然视之，肤学毁之？明清以来总结的各种诗病，有些讲得有道理的细微之处，我是严格遵奉的。例如四平头、三阴尾，这从语意美和声韵美上就很有道理，白脚避免连续同声调，避免撞韵，这也很有点道理，大部分情况下也要遵循。若说我的理念，就是，近体律诗，不严其律就谈不上是艺术；古体风诗，不具其格就谈不上有腔调。

写旧诗还不单是这些格律上的事儿，一种语言包括我们的古汉语，确实可以足够支撑起一个艺术样式，但假如脱离这种语境而不能转化为其他语言仍然具备艺术性的，终究不太是诗，诗意依靠一种语言，也可以从一种语言抽离出来。现代汉语说挥一挥衣袖不带走一片云彩，是诗意和语言的结合，翻译成英语法语印地语乌尔都语也还是诗。所以说诗歌本质上还是因为诗人的情感、思想转化成了表达，我们要琢磨的就是哪种表达更恰当。诗要有诗意，诗中要有诗眼，读诗要有诗趣。只有徒具形式的格律也没啥意思。我也有些为了记录人生应付场面的所谓诗作，但更多情况下是未动诗情未得其趣就不动笔的，写一首总得像个玩意儿。不说超越时空，总希望有那同到其境的三五知己读来能够会心的。

三十岁以后，公私纷繁，于役颇忙，大约也只能是在极为碎片的瞬间做点自己喜欢的事，也没时间写什么宏篇巨构。这倒也是一件好事，对写旧诗来说，我是几乎不花什么时间的，应该有不少朋友见证过，从有题到写完最快的绝句就五分钟，平均也就十几分钟，这是和从小做对子比较神速有关。意来才写，有趣则成。这样，在纷扰的中年，居然倒也意外地成了一个老派诗人。假如有宽裕的时间，也许我更愿意去干点别的或者哪怕躺平。

这些年来流散掉的多少我也忘了，特别是当年还写信的时代书信中的，或者临时写在破烂纸片上给友朋传阅的，历年来有时还会不时地从朋友那里找回一两首，这些应该是成了我们彼此之间的轶事佳话。选编的这一本三百首，原本名为螭耶居（《吕氏春秋》里说孔子说过，未知真假。龙食乎清而游乎清，螭食乎清而游乎浊，鱼食乎浊而游乎清，今丘上不及龙，下不若鱼，丘其螭耶）诗类稿初编，就是粗粗做了分类，不是科学严谨的那种分类。有些是和各地风物场景即兴相关的，有些是和时代叙事浮生日常相关的，有些是与注重某种体裁题材相关的，有些是忘其所为无以归之而纂存的。目录既成，看着也还清楚。最终编了三百零五篇，这是出版社为了避免和唐诗三百首有重复之嫌，不过我记得诗三百好像其实也是三百零五篇，一笑为乐。

感谢王焰社长、光页总编厚爱，没有他们的催促，这诗集是不会这么快出版的，因为我有时候看看还是想改些字，觉得自己人生还没到画句号的时候，诗艺也还会继续进步。当年华东师大二附中高中班上来了一位年龄和我们相仿的实习语文老师，进大学后发现她还只是学姐，总之王社长是老师，老师就是老师，话要听的，这是等于说让我做阶段性的小结，放下包袱重新出发，以后再写新的面貌。衷心感谢诗坛方家、上海文史馆员曹旭教授允为拙诗作序，至为铭感。另外，我二十年前的研究生董国文也擅诗，集中收有致董生的，就是他了。约他作序称不敢，我说老师还健在，学生就为作序，岂非一段佳话？何况还是二十五年间唯一男学生。等你写完我看都不看就交给出版社，反正估计是篇马文，可为你同门姐妹们增笑乐，岂不更佳话。

恰值母校七十周年之际，我作为热爱母校的老学生，能在母校出版社出版诗集、词集，也将成为我人生幸福圆满的一件事，感恩！前几天校庆正日前一天，又是因缘所触，被小朋友要求写了一首玩儿的，附在这里，正好表达心情。

功	虽	绵	薄	皆	行	义
匡	斯	为	美	树	百	共
济	载	寰	宇	中	年	苍
化	十	来	世	碑	须	天
已	栽	寻	范	学	有	养
情	东	华	在	府	崇	气
志	毅	弘	承	惟	旨	雄

这个是从中心位置顺时针回文，七言末字拆字做下句字首首尾衔，应该是这样的：

七律·华东师大七十校庆，仿桃源题遇仙桥半叠字藏头螺旋诗

世范寻来寰宇中，（口）

口碑学府在华东。（木）

木栽十载斯为美，（人）

人树百年须有崇。（宗）

宗旨惟承弘毅志，（心）

心情已化济匡功。（力）

力虽绵薄皆行义，（我）

我共苍天养气雄。

林在勇

2021 年 10 月 20 日